一笑

古龍 著

國際學術研討會

古龍武俠小說 領先時代半世紀

【記者賴素鈴／報導】江湖代有才人出，這廂古龍凋零二十載，那廂今朝懸賞百萬獎新秀，浪淘不盡，唯有武俠熱愛，不隨時間變易，在學術研討會上更見分明。以「一代鬼才：古龍與武俠小說」爲主題，淡江大學第九屆文學與美學國際學術研討會昨起在國家圖書館，展開爲期兩天的議程，紀念武俠小說家古龍逝世二十周年，新生代學者與古龍故舊齊聚一堂，以文論劍話武俠。

日前與淡大中文系教授林保淳共同發表《台灣武俠小說發展史》，武俠小說評論家葉洪生昨天在專題演講中，直批胡適1959年底發表「武俠小說下流論」是「胡說」，學界泰斗的不當發言以及隨即展開的「暴雨專案」，反而促成1960年起台灣武俠新秀的繁興，「武俠小說迷人的地方，恰恰在門道之上。」，葉洪生認定，武俠小說審美四原則在文筆、意構、雜學、原創性，他強調：「武俠小說，是一種『上流美』。」

集多年心血完成《台灣武俠小說發展史》，葉洪生認爲他已爲從十歲起迷上武俠小說的半世紀畫上完美句點，並且宣布他「以後決心退出武俠論壇，封劍退隱江湖」。

雖然葉洪生回顧武俠小說名家此起彼落，套太史公名言「固一世之雄也，而今安在哉？」，認爲這是值得深思的嚴肅課題，昨天意外現身研討會而備受矚目的溫世禮，則爲了紀念同是武俠迷的哥哥溫世仁，推出第一屆「溫世仁武俠小說百萬大賞」，即日起至今年10月3日截止收件，經兩階段評選後於明年12月7日公布首獎得主，預料將會是一場武林新秀的龍虎爭霸戰。

看明日誰領風騷？風雲時代出版社發行人陳曉林眼中的古龍，其實領先他的時代半世紀，以致如今雖然古龍逝世20年，陳曉林認爲大家對古龍的了解仍然有限，預言未來世代更能和古龍的後設風格共鳴。

昨天這場研討會，也凸顯武俠小說作爲一項文學研究門類，仍有待開發學習空間。多位與會者都指出，武俠小說的發表、出版方式和管道具考證難度，學術理論與論文格式的建立待加強。而武俠名家的版權之爭、市場競爭力，也增加出版推廣困難，古龍武俠小說的版權糾紛、司馬翎作品的版權官司也成爲研討會的場外話題。

與

武俠小說

第九屆文學與美
一代鬼
古

古龍兄為人慷慨豪邁、跌蕩自如，變化多端，文如其人，且復多奇氣。惜英年早逝。余與古兄當年交好，且喜讀其書，今既不見其人，又無新作可讀，深自悼惜。

金庸

一九九六．十．十一．香港

大地飛鷹

（中）

古龍精品集 66

大地飛鷹

(中)

目・錄

卅一 大漠之夜

一

陰暗的禪房，雪白的窗紙，窗戶半開，劍自窗外飛來，人呢？

「魔眼」釘入橫樑時，噶倫喇嘛已穿窗而出，小方只看見一道碧綠的劍光飛虹般穿出窗戶。

他的人已看不見。

他枯瘦的身子已融入劍光中，他的人已與劍相合，幾乎已達到傳說中「身劍合一」的無上妙境。

他的「赤松」也是劍中的神品。卜鷹如果還在禪房外，用什麼來擋這一劍？

小方忽然躍起，去摘樑上的劍，希望能及時將這柄劍交給卜鷹。

他的手還沒有伸出去，橫樑上的屋瓦忽然碎裂，一隻手從破洞中伸下來，攫去了這柄劍。

一隻瘦削而有力的手，指甲修剪得非常整齊乾淨。

小方認得這隻手，也曾緊握過這隻手。

來的人果然是卜鷹！

卜鷹為什麼要來救波娃？是為了小方？還是為了另一種至今沒有人知道的原因？

小方還沒有想到這一點，外面又響起了一聲龍吟。

「赤松」與「魔眼」雙劍再次相擊，龍吟聲還未停歇，小方也已到了禪房外。

暮色已深沉。

小方看不見卜鷹的人，也看不見噶倫喇嘛，只看見兩道劍光游龍般盤旋飛舞，森森的劍氣中，古樹上的木葉蕭蕭而落，小方的衣袂也已被振起。

這是小方第一次看見卜鷹的劍術。

他練劍十餘年，至今才知道劍術的領域竟是如此博大。

他癡癡的看著，只覺得手足冰冷，心也開始發冷，直冷到趾尖足底。

這一戰誰能勝？

碧綠的劍氣看來彷彿更盛於「魔眼」的寒光，飛旋轉折間彷彿更矯捷靈動。

但是小方卻忽然發覺勝的必是卜鷹。

因為「赤松」的劍氣雖盛，卻顯得有些焦躁急進。

急進者必不能持久。

他果然沒有看錯，「赤松」劍上的光華雖然更鮮艷翠綠，劍風中卻已沒有那種凌厲的殺氣了。

然後又是「嗆」的一聲龍吟，雙劍三次相擊。

龍吟聲歇，滿天劍光也忽然消失，古樹上的木葉已禿，禪院中忽又變爲一片死寂。

噶倫喇嘛不知何時已坐下，盤膝坐在落葉上，暮色中，又變得和小方第一眼看見他時那麼平靜陰暗衰弱。

「赤松」已不在他手裡。

他的掌中無劍，心中也已無劍。

他已經不是剛才那位能以氣摧劍殺人於霎眼間的劍客。他放下他的劍時，就已重入禪境，又變爲一位心如止水的高僧。

他心裡的戾氣和殺機、情與仇、愛與恨，都已隨著他的劍氣宣洩而出，就在小方覺得他劍風中已無殺氣時，他心中的禪境又進了一層。

卜鷹靜靜的站在他面前，靜靜的看著他，神色嚴肅恭謹，眼中充滿尊敬，忽然合什頂禮。

「恭喜大師。」

「爲何恭喜？何喜之有？」

「大師已在劍中悟道。」卜鷹道：「恭喜大師修爲又有精進。」

噶倫喇嘛微笑，慢慢的闔上眼睛。

「你好。」他從容揮手：「你去。」

卜鷹還沒有走，噶倫喇嘛忽又張開眼，大聲作獅子吼：「爲何要你去？爲何我不能去？」

這兩句話說出，他陰暗的臉上忽然露出一層神秘寶光。

卜鷹再次合什頂禮，噶倫喇嘛已踏著落葉，走入深沉的暮色裡。

夜空中忽然有星昇起。

二

「赤松」還留在地上，光華碧綠的劍鋒，已變得黯淡無光。

名劍正如劍客，也是不能敗的。

卜鷹目送噶倫喇嘛的背影消失，忽然嘆息：「他沒有敗。」卜鷹道：「就是敗了，也不是敗在我的劍下。」

「不是？」

「絕對不是！」卜鷹道：「他敗，只因爲他根本沒有殺我的意思，只不過想用我激發他的劍氣，洩出他心中的戾氣與殺機。」

卜鷹慢慢的接著說：「他根本沒有勝我之意，又怎麼能算是敗？」

小方明白他的意思。

安忍多年的高僧，忽然發覺心中竟有激情無法抑制時，往往在一瞬間就會墜入魔劫。「魔」與「道」之間的距離，也正如愛與恨一樣，僅在一線間。

現在劍客雖然已敗，高僧卻已悟道了。

卜鷹凝視著小方，眼中又露出欣慰之色，他看得出小方能夠明白他的意思。

小方的心卻很亂。

他有很多話要問卜鷹，他已覺察到波娃和卜鷹之間，也有種至今還沒有人知道的神秘關係。

他沒有問，只因爲他不知道該如何問。

卜鷹沒有說，是不是也因爲不知道該如何說？

半開的窗戶已闔起，禪房裡沒有燃燈，也沒有動靜，只有波娃一個人靜坐在黑暗中。

她爲什麼還要留在這裡？

卜鷹慢慢的轉過身，面對夜空中第一顆昇起的大星，沉默了很久，才慢慢的說：「我知道你心裡有個打不開的結。」

小方承認。

卜鷹又沉默了很久：「如果你真想知道其中的秘密，就跟我走，可是我勸你，有些事還是不知道的好。」

這次小方沒有接受卜鷹的勸告。

他跟著卜鷹走了，走向東方的大星。

三

星光在沙漠中看來彷彿更明亮，他們已經在沙漠中奔馳了三天。

小方想不到卜鷹爲什麼又將他帶入沙漠來，他也沒有問。

他相信卜鷹這次一定會給他一個明確完整的答案，讓他能解開心裡的這個結。

他們快馬奔馳，休息的時候很少，這三天中他們走的路，已經比上次十天中走得更多。

無情的沙漠還是同樣無情，第三天的黃昏，他們又回到那一片風化的岩石間。

小方永遠忘不了這地方，因爲這裡正是他初遇波娃的地方，也正是衛天鵬他們的駐紮地，現在那帳篷雖然已不知哪裡去了，但那帳篷中發生的事，卻是小方這一生永難忘懷的。

卜鷹已下馬，和小方分享一塊乾牛肉和一袋青稞酒。

這三天他一直很少開口，但是每當酒後，小方就會聽見他又在低唱那曲悲歌，那種男子漢的情懷，那種蒼涼中帶著豪邁的意境，總是比酒更令人醉。

「我們什麼時候再往前走？」

「我們不再往前走了。」卜鷹回答：「這裡就是我們的地頭。」

「你帶我到這裡來幹什麼？」小方又問。

這裡既然是他們的目的地，難道所有問題的答案都在這裡？

卜鷹還是沒有把答案給他，卻從馬鞍旁的一個革囊裡拿出了兩把鐵鋤，拋了一把給小方。

他要小方跟他一起挖地。

難道他已將問題的答案埋藏在地下？

夜漸深。

他們挖得也漸深，已經挖過了一層鬆軟沙礫，又挖過了一層風化的岩石。忽然間，「叮」的一聲響，小方突然感覺到自己手裡的鋤頭挖到了一層堅硬的金屬。

然後他就看見了砂石中有金光在閃動。

是黃金！

這一片岩石間，地下全都是黃金。

卜鷹拋下鋤頭，面對小方道：「現在你總該明白我為什麼要帶你到這裡來了。」他的聲音還是很平靜，富貴神仙呂三失劫的那三十萬兩黃金，全都在這裡。

「是你埋在這裡的？」

「是我。」卜鷹道：「我就是貓盜。」

小方雖然早已想到這一點，卻還是不能不吃驚。

卜鷹凝視著他，慢慢的接著說：「我們那隊伍裡，每個人都是貓盜，他們才真正是久經訓練、百戰不死的戰士，衛天鵬屬下那些人跟他們比起來，只能算是初學刀劍的孩子。」

他聲音中並沒有譏誚之意，因為他說的是事實：「衛天鵬找不到這批黃金，因為他想不到我們根本不想將這批黃金運出沙漠。」

「永遠都不想運出去？」

「永遠！」

卜鷹的回答極肯定，小方卻更想不通了。

他們費盡苦心，盜劫這批黃金，當然是為了黃金的價值。

如果把黃金永遠埋在地下，黃金豈非也變得和沙石塵土無異？

卜鷹不等小方問出來，已經先回答了這問題：「我們並不想要這批黃金，我們截下來，只不過因為我們也不能讓呂三他們利用這批黃金去對付別人。」

「別人？」小方忍不住要問：「別人是些什麼人？」

「就是這兩天你天天都能看得見的那些人。」卜鷹道：「也就是波娃、班察巴那他們的族人和姐妹兄弟。」

「呂三爲什麼要對付他們？」小方又問：「準備怎麼樣去對付他們？」

卜鷹先要小方將挖掘出的沙石重新埋好，才開始敘說這件事：「他要推翻藏人已信奉數百年的宗教，要刺殺藏人心目中的活佛，要在這裡建立他自己的霸業。」

這是個極龐大的計劃，呂三不擇手段來做這件事，只因爲——

他信奉的是拜火教，他想以狂熱的拜火教來取代喇嘛在西藏境內的地位。

卜鷹的態度極嚴肅：「但是這種宗教信仰已在藏人心中根深蒂固，所以呂三這計劃如果實現了，西藏境內必將永無寧日。」

「所以你們不能讓他的計劃實現。」

「絕不能！」卜鷹說得更堅決：「爲了阻撓他，我們也不擇一切手段，不惜犧牲一切。」

小方沉默，卜鷹又道：「第一個犧牲的就是波娃。」他說：「犧牲最大的就是她。」

「她才是班察巴那說的那個爲了族人而犧牲自己的女人？」小方問：「不惜犧牲一切潛伏到呂三那組織內部去做奸細？」

「不錯，她是的。」

卜鷹道：「這秘密我們絕不能讓別人知道，所以在那不祥的『黑羽之帳』中，我只有讓你誤會她，在『死頸』外那一戰中，我們也絕不能讓她走出第三頂轎子。」

小方也已漸漸明白。

「所以噶倫喇嘛才肯讓她住在布達拉宮，所以你才會去救她。」

「因爲我絕不能讓她死在噶倫喇嘛手裡，又不能讓噶倫喇嘛抱憾終生。」卜鷹道：「爲了噶倫喇嘛的宗教，她的犧牲已太大。」

他聲音中充滿悲傷：「她非但不惜犧牲自己，甚至不惜犧牲她所心愛的人。」

——波娃最心愛的人是誰？

小方沒有問，也不必再問。

呂三當然要爲自己的獨生子復仇，爲了取得呂三的信任，波娃只有犧牲小方，她自己不忍下手，只有要普松去替她做這件事。

一個女人，爲了一種更偉大的愛和信仰，竟不惜犧牲自己心愛的男人，雖然這個男人是完全無辜的，她也置之不顧。

她這麼樣做，有誰能說她錯？

小方什麼話都沒有再說，只是慢慢的躺了下去，靜靜的躺在星光下。

遙遠的星光，寒冷無情的大漠之夜，如果他有淚流出，也一定結成了冰。

他沒有流淚，經過這次事之後，他這一生恐怕都不會再流淚。

四

卜鷹並沒有解釋爲什麼要將這秘密告訴他。「因爲你是我的朋友」，這種話是用不著再說第二次的。

「現在我已將我的事全都告訴你。」卜鷹只簡單的說明了一點：「你可以考慮，是留下來跟我在一起，還是走？」

「我會考慮。」小方說。

「隨便你要考慮多久，但是你決定的時候，一定要先來告訴我。」

小方答應。

星光遙遠黯淡，夜色寒冷淒清，他們彼此都看不見對方臉上的表情。

過了很久，小方才說：「你做事一向極謹慎，可是這次卻做得太冒險了。」

「冒險？」

「你不怕有人跟蹤我們到這裡來？不怕別人發現這些藏金？」

卜鷹沒有說話，黑暗中卻傳來一陣笑聲。

「他不怕有人跟蹤，因爲他知道這一路上我都在你們的附近，就算有條狐狸想跟蹤你們，我也已抓住了牠，剝下了牠的皮。」

這是班察巴那的聲音。

小方躍起時，班察巴那已站在他面前，距離他已不及五尺。

這個人的行動遠比沙漠上最巧黠狡猾的狐狸更難被人發現，他的動作比風更輕，他的眼睛比夜色更深沉，他凝視著小方。

「他當然也不怕你會洩露他的秘密。」班察巴那淡淡的說：「從來沒有人能洩露我們的秘密。」

他在笑，但是他的笑容卻像是這淒涼的大漠之夜一樣神秘冷酷無情。

卅二 抉擇

一

他們又回到了拉薩，燦爛的晴天，躍動的生命，和那美麗開朗的「藍色陽光」都在等著他們。

卜鷹又將小方交給了她。

「他要到哪裡去，你就帶他到哪裡去！」卜鷹吩咐：「他要什麼，你就給他什麼！」

聽到他說的話，想到班察巴那冷酷的笑容，使人很容易聯想到一個死刑犯在臨刑前，無論作什麼要求也都會被答應的。

他將這絕不容任何人洩露的秘密告訴了小方，在某方面說也無異宣告了小方的死刑。

小方沒有這麼想，他好像什麼都沒有想。

「陽光」還是笑得那麼愉快開朗，她沒有問他這幾天到哪裡去，只問他：「你想要什麼？

想要我陪你到哪裡去？」

三天之後，小方才回答她這問題。

「我要一萬兩銀子。」小方說：「我要到一個你絕不能陪我去的地方去。」

這三天裡，他們幾乎朝夕都在一起，她陪著小方去做一切別的女人絕不肯陪男人做的事。

她陪他豪賭，陪他痛飲，有時喝醉了，他們甚至睡在一起。

有一天小方酒醒時，發現她就睡在他身旁。

她睡著的時候遠比醒時更溫柔，更美麗，更像一個女人：她的身材柔美，皮膚雪白，氣味芳香。

宿醉初醒時那種烈火焚燒般的強烈慾望，使得小方幾乎忍不住要佔有她。

他忍住了，他用冷水沖淋了將近半個時辰，他們之間還是清白的。

可惜他們的清白非但沒有人知道，可能也沒有人相信。

「陽光」卻完全不在乎，不管別人對他們怎麼想，她都不在乎。

這種事本來是一個女孩子最在乎的事，除非她已準備接受那個男人。陽光不在乎，是不是因爲她已準備接受他？

但是三天後小方卻忽然提出這要求，而且還要她答應：「你絕不能問我要到哪裡去，更不能在暗中跟蹤我，否則我說不定會殺了你！」

這要求多麼不近人情，他說的話多麼絕，連他自己都認爲陽光會生氣的。

她沒有生氣。

她立刻就答應了：「你去，我等你。」

二

小方要的這一萬兩銀子，當然是準備給獨孤癡的。

他絕沒有忘記他的諾言，他又回到了那孩子帶他去過的鳥屋。

鳥屋仍在，屋簷下的鳥籠也仍在，但是鳥籠卻已空了。

籠中的飛鳥已被斬落在地上，每一隻都被一劍斬成了兩半。

地上的血跡已乾，屋裡寂無人聲。

小方忽然覺得手足冰冷。

上一次他來的時候，難道已經有人跟蹤他到了這裡？

他本來一向認爲自己的耳目都極靈敏，無論誰要跟蹤他都很難，但在那個大漠之夜裡，班察巴那忽然出現在他眼前之後，他的信心已動搖。

——是誰跟蹤他到這裡來過？是誰以這種狠毒的劍法斬殺了這些無辜的鳥？獨孤癡和那孩子是不是也已死在他的劍下？

陳舊的鳥屋，一走上去，木板就會被踩得「咯吱」發響。

小方走上去，推開門。

屋裡沒有人，也沒有屍體，只有一幅圖畫，彷彿是用鮮血畫成的圖畫，畫在迎門的木板牆上，畫的是一個魔女，在吸吮著一個男人的腦髓。

魔女的容貌是波娃。

被她吸吮著腦髓的男人赫然是小方。

只有這幅圖畫，沒有別的字。

但是小方卻已完全明白它的意思，彷彿忽然又回到那陰森沉鬱的廟宇中，又回到那穹形石窟裡的壁畫前。

他耳畔彷彿又聽到那孩子聲音：「……如果你違背了誓言，終生都要像這個人一樣，受盡羅刹鬼女惡毒的折磨。」

小方並沒有違背他的誓言，也沒有洩露過任何人的秘密。

但是他也沒有殺死波娃。

獨孤癡一定已查出了波娃沒有死，一定以爲小方已將他出賣了，所以立刻帶著那孩子離開了這鳥屋。被刺殺的飛鳥，壁上的圖畫，都是他特地留下來給小方看的，特地要讓小方知道他的仇恨和怨毒。

——他還有一隻手，還可以握劍，還有刺殺飛鳥的力量。

他這個人本來就充滿了一種令人永遠無法預測的可怕潛力，何況「仇恨」本身也是種可怕的力量！

現在他第一個要殺的人已經絕對不是卜鷹，而是小方！

小方靜靜的站在這幅壁畫前，站了很久，慢慢的將他帶來的一萬兩銀票放在地上。

然後他就大步走了出去，走到藍天下。

天氣雖然還是同樣晴朗，可是他心裡卻已有了個驅不散的陰影。

他知道獨孤癡絕不會放過他的。

從今以後，他這一生中，時時刻刻都要提防著那致命的一劍刺來。

他第一次見到獨孤癡時就知道了，他們彼此間，遲早總有一個要死在對方手裡的。

「陽光」果然還在等著他，他看到她之後，第一句話就說：「卜鷹在哪裡？」小方道：

「我要去見他！現在就要去見他！」

三

寬大潔淨的廂房，新鮮充足的陽光，每一樣東西都是精選過的，既不會有餘，也不會缺少什麼。

酒是甜美醇厚的波斯葡萄酒，盛在透明的水晶杯裡，閃動著琥珀色的光。

卜鷹倒了一杯給小方，自斟淺啜，喝完了小半杯，然後才問：「你是不是已決定要走？」

「是！」

小方的回答還是和以前他回答別的問題時同樣簡單明確，好像根本不知道這問題比他以前回答過的任何問題都嚴重很多。

卜鷹沒有再問，也沒有再說什麼，他們都沒有再開口。

遠處的白雲在天，風在樹梢，積雪的山巔在晴朗的藍天下，平凡的人在爲自己的生活掙扎，不平凡的人在爲自己的生命奮鬥。

可是這些事都距離他們很遠，屋子裡安靜得像是一個死人的心臟。

然後暮色漸漸來臨了，就像是一瞬間的事，夜色忽然就已籠罩大地。

屋子有燈，可是誰也沒有去點燃它，兩個人靜靜的坐在黑暗中，窗外有星昇起，有月昇起，直到星光月色照入窗戶，卜鷹才開口：「我很瞭解你，你已經決定了的事，就絕對不會更改的。」

「我已經決定了。」小方顯得出奇平靜：「我非走不可。」

卜鷹並沒有問他「爲什麼？」卻忽然問：「你還記不記得班察巴那說過的那句話？」

「我記得。」小方道：「他說，從來都沒有人能洩露你們的秘密。」

「我相信你絕不會洩露別人的秘密，但是他不同，他從不相信任何人。」卜鷹道：「他總認爲只有死人才能保守秘密。」

小方的手握緊：「你呢？」

卜鷹沒有直接回答這問題，只告訴小方：「有些事，我也不能做主的。」他慢慢的接著道：「譬如說，你要走，我也沒法子留住你。」

小方忽然明白卜鷹的意思了，因爲他忽然想起了卜鷹說過的兩句話。

——不是朋友，就是仇敵。

——對付仇敵，絕不能留情。

朋友變爲仇敵，擁抱變爲搏擊，鮮血像金樽中的美酒般流出。

奇怪的是，在這一瞬間，小方所想的並不是這些，不是殺戮不是死亡不是毀滅。

在這一瞬間，他忽然想到了他的故鄉江南，寧靜美麗的江南，杏花煙雨中的江南，柔櫓聲裡多橋多水多愁的江南。

卜鷹的聲音也變成像是江南般遙遠。

「我早就知道你要走的。」卜鷹說：「你回到拉薩，沒有再去看波娃，我就已知道你決心要離開我們，因爲你自己知道你永遠都無法瞭解我們，也無法瞭解我們所做的事。」

他忽然打斷他自己正在說的話，忽然問小方：「你在想什麼？」

「江南。」小方道：「我在想江南。」

「你在想江南？此時此刻，你居然在想江南？」

卜鷹的聲音裡沒有譏誚驚異，只有一點淡淡的傷感：「你根本不是我們這一類的，你是個詩人，不是戰士，也不是劍客，所以你才要走，因爲現在你居然還在想江南。」

小方抬起頭，看著他。

「現在，我應該怎麼想？應該想什麼？」

「你應該想想嚴正剛，想想宋老夫子，想想朱雲，想想他們是些什麼樣的人。」

「我爲什麼要想他們？」

「因爲他們絕不會讓你走的。」卜鷹道：「如果世上只有一個法子能留住你，他們一定就會用那個法子對付你，如果他們認爲一定要割斷你的咽喉才能留下你，他們的刀就絕不會落在別的地方。」

「他們都是這種人？」

「他們都是的。」卜鷹道：「他們不但能把人的咽喉像割草般割斷，也能把刀鋒上的人血當作水一樣擦乾。」

小方凝視著他，過了很久才慢慢的說：「你應該知道有時候我也會這樣做的。」

卜鷹的銳眼中忽然迸出「魔眼」般的寒光，掌中的水晶杯忽然碎裂，忽然站起來，推開窗戶。

「你看那是什麼？」

從窗子裡看出去，可以看到一根很高的旗竿，旗竿上已掛起一盞燈。

「那是一盞燈。」小方說。

「你知道那是什麼意思？」

小方不知道。

卜鷹遙望著遠處高掛的紅燈，眼睛裡忽然露出種從來未有的痛苦之色。

「那意思就是說，他們也知道你要走了，已準備為你餞行。」

他忽然伸手彈指，彈出了一片水晶杯的碎片，急風破空聲尖銳如鷹嘯。

三十丈外的紅燈忽然熄滅，卜鷹眼中的寒光也已熄滅。

「所以現在你已經可以走了。」他沒有回頭再看小方，只揮了揮手：「你走吧！」

卅三　餞行

一

小方走出門時，就看見了「陽光」。

陽光正站在院子裡一棚紫籐的陰影下，臉上那種陽光般開朗愉快的笑容已不見了。

她雖然還在笑，笑容看來卻已變得說不出來的陰鬱哀傷。

小方走過去，走到她面前。

「你也是來爲我餞行的？」

她忽然握住小方的手，她的手冰冷：「你知不知道他們準備用什麼來爲你餞行？」

小方點了點頭：「用我的人頭？還是用我的血？」

他也握住「陽光」的手：「你要說的我都知道，可是隨便他們要用什麼，我都不在乎。」

「陽光」吃驚的看著他。

「反正我已決心要走了。」小方道：「隨便用什麼法子走都一樣。」

活著也是走，死了也是走，既然已決心要走，就已沒有把死活放在心上。

「陽光」終於放開了他的手，轉過去看花棚陰影下一枝枯萎了的紫籐。

「好了，你走吧！」

她指著角落裡一個小門：「你從這道門走，第一個要爲你餞行的是嚴正剛，你要特別注意他的手。」

小方看見過嚴正剛出手。

在那懸掛著黑色鷹羽的帳篷中，在那快如電光石火的一刹那間，他就已卸下了柳分分的魔臂。

他用的是左手。

「我知道。」小方說：「我會特別注意他的左手。」

「陽光」的聲音忽然壓得很低：「不但要注意他的左手，還要注意他另外一隻手。」

「另外一隻手？」小方道：「右手？」

「不是右手。」

難道嚴正剛也有另外一隻手？第三隻手？

小方還想再問時，她已經悄悄的走了，就像是日暮崦嵫時陽光忽然消失在西山後。

只不過太陽明日還會昇起，小方這一生卻可能永遠見不到她了。

二

無論你在什麼時候，什麼地方看見嚴正剛，他看來都好像是在廟堂中央行大典一樣，衣著整齊潔淨，態度嚴肅恭謹。

現在他看來也是這樣子的，當他一刀割斷別人咽喉時，態度也不會改變。

小方走過去，連一句不必要說的話都沒有說，一開口就問：「你準備用什麼替我餞行？」

「用我的左手。」

嚴正剛的回答也同樣直接乾脆：「這裡是盜窟，入了盜窟，就像是入了地獄，想離開只有再世為人，你要走，我就只有殺了你，用我的左手殺你。」

他一直將他的左手藏在衣袖裡。

「我從來不用武器，我這隻手就是殺人的武器！」嚴正剛道：「江湖中善用左手的人，出手絕沒有比我更快的，所以你一定要特別注意。」

「我見過你出手，我會注意的。」小方問：「可是我不懂，你既然要殺我，為什麼又要提醒我注意？」

「因為我要你死得心服口服。」嚴正剛道：「我要你死而無怨。」

小方嘆了口氣：「嚴正剛果然人如其名，剛直公正，絕不肯做欺人的事，所以你如果偶爾做一次，誰也不會懷疑的。」

嚴正剛的臉色沒有變，眼神卻已變了。

小方又接著說：「如果我真的全神貫注，注意你的左手，今天我就死定了。」他忽然笑了笑：「幸好我還沒有忘記柳分分。」

「柳分分？她怎麼樣？」

「連她都沒有懷疑你，連她都上了你的當，何況我這個初出道的小伙子？」小方道：「你能做宋老夫子的第三隻手，當然也可以用他的手做你的第三隻手，用第三隻手來殺我。」

他又嘆了口氣：「那時我死得雖然心不服口不服，心裡就算有一肚子怨氣，也發不出來了。」

嚴正剛的臉色也已改變：「想不到你居然還不太笨。」

他已準備出手，他的眼睛卻在看著小方身後的那道小門。宋老夫子無疑就在小門後，只要他一出手，兩人前後夾擊，小方還是必死無疑，江湖中幾乎已沒有人能避得開他們的合力一擊。

小方卻又笑了笑。

「還有件事你一定也想不到。」

「什麼事？」

「我另外也有隻手。」小方道：「第三隻手。」

嚴正剛冷笑：「你也有第三隻手？我怎麼看不見？」

「你當然看不見，你永遠都看不見的。」小方道：「但是你卻絕對不能不信。」

「爲什麼？」

「因爲你的第三隻手，現在已經被我的第三隻手綁起來了。」小方悠然道：「如果你不信，不妨自己去看看。」

嚴正剛當然不會去看的，他笑了。

他很少笑，有時終月難得一笑，可是這次他真的笑了。

因爲這件事真的很可笑，他從來都沒有遇到過這麼可笑的事。

一個初出道的年輕小伙子，居然想用這種法子來騙一個像他這樣的老江湖。

他少年時就已成名，壯年時縱橫江湖，殺人無算，中年後雖然被仇家逼得改名換姓，亡命天涯，智慧卻更成熟，經驗也更豐富。

他怎麼會上這種當？

就在他開始笑的時候，他藏在衣袖裡的那隻手已閃電般擊出。

他出手時，宋老夫子也一定會配合他出手的。

他們並肩作戰，他們配合從未有一次出過意外，從未有一次失手過。

這一次卻是例外。

嚴正剛已出手，場外的宋老夫子卻完全沒有反應。

他一擊不中，再出手。

門外還是完全沒有動靜。

嚴正剛不再發出第三擊，忽然凌空躍起，掠出那道小門。

宋老夫子果然在門外，卻已倒在牆角下，只能看著他苦笑。

嚴正剛笑不出了。

他終於發覺這件事一點都不可笑。

三

小方已經走了。

他確信嚴正剛絕不會再追來，擊倒了宋老夫子，就無異也擊倒了嚴正剛。

他當然不是用他的「第三隻手」擊倒宋老夫子的，他沒有第三隻手。

可是他有第二雙眼睛——「陽光」就是他的第二雙眼睛。

如果不是「陽光」的暗示，他絕不會想到宋老夫子會躲在暗處等著和嚴正剛前後夾擊。「陽光」說得雖然並不太明顯，卻已使他想起了他們聯手對付柳分分時所用的詭計。

他先找到了宋老夫子，先用客氣的微笑，有禮的態度穩住了宋老夫子，就在宋老夫子已認爲他已經完全喪失鬥志時，他忽然出手了，以最快的手法，點住了宋老夫子三處穴道。

宋老夫子不是他的朋友，是他的仇敵，對付仇敵是可以不擇手段的。

小方對自己這次行動覺得很滿意。

下一個要爲他「錢行」的人是誰？

他記得卜鷹曾經提起過「朱雲」的名字，也記得朱雲就是「鷹記」商號的總管，是個非常誠懇，非常規矩的年輕人。

小方從未想到他是個身懷絕技，深藏不露的武林高手。

但是卜鷹提到他名字時，卻好像把他的份量看得比嚴正剛還重，要掌管「鷹記」商號也絕不是一個普通人所能做得到的，如果他沒有特別的武功和才能，卜鷹也絕不會將這麼重要的職位交給他。

小方相信卜鷹絕不會看錯人，他對朱雲已經有戒心。

就在這時候，他看見了朱雲。

朱雲看來還是和平時一樣老實規矩，唯一不同的地方是，他手上多了一柄劍。

一柄很普通的青鋼劍，劍已出鞘。

朱雲雙手抱劍，劍尖下垂，向小方恭敬行禮：「晚輩朱雲，恭請方大俠賜招。」

小方笑了笑：「我不是大俠，你也不是我的晚輩，你不必太客氣。」

他剛才對宋老夫子的態度也和朱雲對他同樣客氣，現在宋老夫子已倒在牆角裡。

這些日子來，他又學會很多事。

他也明白朱雲的意思——晚輩求前輩賜招，就不必太公平了，前輩的手裡沒有劍，晚輩也一樣可以出手的。

朱雲果然已出手。

他雖然出手並不快，招式間的變化也不快，事實上，他的招式根本就沒有什麼精妙複雜的變化，只不過每一招都用得很實際，很有效。

這種劍術雖然也有它的優點，可是用來對付小方就不行了。

小方雖然赤手空拳，可是施展出每個練武者都必學的「空手入白刃」功夫，應付這柄劍已遊刃有餘。

他甚至已經在懷疑，卜鷹對朱雲是不是估計得太高了些。

朱雲是不是沒有將真功夫使出來？

小方正想增加壓力，逼他使出全力，朱雲卻已後退了十步，再次用雙手抱劍，劍尖下垂，向小方恭敬行禮：「晚輩不是大俠敵手，晚輩已經敗了。」

現在就認輸未免過早，卜鷹屬下本不該有這種人。

卜鷹屬下都是戰士，不奮戰到最後關頭，絕不會輕易放棄。

朱雲忽然笑了笑。

「方大俠一定會認爲晚輩還未盡全力，還不該放手的。」

小方承認這一點。

朱雲微笑道：「晚輩不願血戰，只因爲晚輩已不忍再與方大俠纏鬥下去了。」

小方忍不住問：「你不忍？爲什麼不忍？」

「因爲大俠已中了奇毒，已經絕對活不過半個時辰了。」朱雲道：「如果晚輩再纏鬥二十招，方大俠的毒性一發作，就必死無救了。」

小方也在笑。

朱雲說的話，他根本就不信，連一句都不信。

「我中了毒？你看得出我中了毒？」小方故意問：「是什麼時候中的毒？」

「就在片刻之前。」

「卜鷹給我喝的酒中有毒？」

「沒有，酒裡絕對沒有毒。」朱雲道：「他要殺你，也不必用毒酒。」

「毒不在酒，在哪裡？」

「在手上。」

「誰的手？」

朱雲反問：「你剛才握過誰的手？」

小方又笑了。他剛才只握過「陽光」的手，他絕不信「陽光」會暗算他。

朱雲卻在嘆息：「其實你應該想得到的，她也是要爲你餞行的人，第一個爲你餞行的就是她，只不過她用的方法和我們不同而已！」

「有什麼不同？」

「她的方法遠比我們溫和。」朱雲道：「但是也遠比我們有效。」

「她用的是什麼法子？」

「你們最近常在一起，你應該看得見她手上一直戴著個戒指。」

小方看見那個戒指，純金的戒指，式樣彷彿很好，手工也很好。

究竟是什麼式樣？小方卻已記不清了。在拉薩，每個女人都戴著金飾，在每一條河流的灘頭，都可以看到人們用最古老原始的方法就能夠淘取到大量的金沙。

手上戴一個純金的戒指，在這裡絕不是件能夠引人注意的事。

「可是她戴的那個戒指不同。」朱雲道：「那個戒指雖然只有幾錢重，卻遠比幾百兩黃金更珍貴！」

「爲什麼？」小方問：「是不是因爲它的手工特別精細？」

「不是！」

「是爲了什麼？」

「是因爲戒指上的毒。」朱雲道：「是用三十三種劇毒淬成的，先將這三十三種劇毒淬入黃金，再打成這麼樣一個戒指，戒指上有一根刺，比針尖還細的刺，刺入你的皮膚時，你連一點感覺都沒有，可是半個時辰內，你已必死無救。」

小方已經不笑了，但是也沒什麼別的反應。

朱雲卻彷彿在爲他惋惜：「本來我們都已經把你當作朋友，如果你不走，這裡絕對沒有人會傷害你，陽光更不會。」他嘆息著道：「不幸現在我們已經不是朋友了。」

小方忽然打斷他的話：「我知道你想說什麼。」小方道：「不是朋友，就是仇敵，所以她才會用這種方法對付我，你們對付仇敵本來就是不擇手段的。」

朱雲並不否認。

小方又道：「她先把嚴正剛和宋老夫子的殺著告訴我，爲的就是要穩住我，要我對她完全信任，她才能在我不知不覺中把毒刺刺入我的掌心。」

他忽然問：「可是你爲什麼要把這件事告訴我呢？」

朱雲還沒有回答。小方又問他：「蝮蛇螫手，壯士斷腕。你是不是要我斬斷自己這隻手？」

「不是。」

朱雲好像完全沒有聽到他話中的譏誚之意：「但是你不妨先看看你自己的這隻手，看看你手上是不是已經有了個好像被毒蜂螫過的傷口，如果傷口還沒有發黑，也許你還有救。」

「我還有救？」小方道：「誰會救我？」

「只要你肯留下來，每個人都會救你。」

小方對「陽光」的信心無疑已開始動搖了，忍不住轉過身，面對剛剛昇起的一輪明月，伸出了他那隻曾經被「陽光」握住的手。

他的身子剛剛轉過去，朱雲的左手已經有七點寒星暴射而出。不是用腕力發出的，是用一種力量極強勁的機簧針筒射出來的。

江湖人用的暗器種類雖然多，「奔命七星針」永遠都是其中最可怕的一種。

機簧「砰」的一響，朱雲右掌中的青銅劍也已閃電的刺出。

他的出手已經不像剛才那麼慢了，一劍刺出，閃動的劍光就已將小方所有的退路全部封死。

就在這片刻間，他好像就已變成了另外一個人，從一個平庸的劍手，變成了個非凡的劍客。

如果他一開始就使出這種劍術，小方絕不會躲不開的。

但是現在他已將小方的信心摧毀。

無論誰發現自己被一個自己絕對信任的朋友出賣了時，情緒都會變得十分低落、沮喪。

何況小方正在看他手上的傷口。

無論誰要在月光下查看一個比針孔還小的傷口，都不是件容易的事。

他已經將全副精神全部集中在他自己的手上，他的信心已經被摧毀，情緒已沮喪。

他怎麼能避開這一劍？

朱雲一劍刺出時，就算準小方已經死定了。

卅四 斷魂劍・斷腸人

一

如果小方真的相信了朱雲說的話，真的以爲手上有個傷口，他就真的死定了。

他沒有死。

因爲他對「陽光」有信心，對人類有信心。

因爲他的信心絕不是別人幾句話就可以摧毀的，所以他沒有死。

朱雲對自己這一劍太有把握了，對他的七星劍也太有把握了。

所以他一劍刺出，已盡全力，只記得「攻」，而忘了「守」。

這一劍的攻勢雖然淩厲霸道，卻有空門，也有破綻，他以爲小方的退路全都已被封死，卻忘了小方還有一條路可走，還可以「以攻爲守」，從他的空門破綻中攻出去，攻他的心臟，攻他的命，攻他的必救處。

小方沒有殺朱雲。

他先以左掌斜切朱雲握劍的腕，橫步躲入朱雲的空門，曲肘打朱雲的脅，駢中指食指無名指作指鋒，猛戳朱雲的咽喉。

他攻的都是要害，朱雲不能不閃避自救，小方右手五指忽然化鷹爪，抓朱雲的面門，亂朱雲的眼神，左掌已斜切在朱雲右肩上。

右肩被擊，青銅劍必然脫手。

小方乘機拔劍，劍光一閃，劍鋒已在朱雲咽喉。

但是他沒有殺朱雲。

「我不殺你，只因爲你雖然不是我的朋友，也不是我的仇敵。」小方道：「你要殺我，只不過是在做一件你認爲應該做的事。」

劍鋒下的朱雲居然還能保持鎮靜，卻忍不住要問小方：「你真的相信陽光絕不會害你？」

「我相信。」

「你爲什麼如此信任她？」

小方的回答很簡單：「因爲我從未欺騙過她。」

朱雲忽然長嘆：「我佩服你，你的確是個好朋友。」朱雲道：「只可惜你的朋友未必都是好朋友，所以我勸你最好將我的劍帶走。」

「我既然不要你的命，爲什麼要你的劍？」

「因爲你很快就會用得著的。」朱雲道：「也許並不是用來殺人。」

「用來幹什麼？」

朱雲看著小方，眼睛裡忽然露出種很奇怪的表情，過了很久才說：「這柄劍也跟別的劍一樣，除了殺人外，另外還有種用處。」

「什麼用處？」

「自刎。」朱雲又嘆了氣：「不管怎麼樣，自刎至少總比死在別人劍下好。」

小方還沒有開口，黑暗中忽然有個人冷冷的說：「就算他要自刎，也不必用你的劍，他自己也有劍，他的劍還比你的劍利。」

黑暗中忽然又有劍光一閃，一柄劍彷彿忽然自天外飛來，斜插在小方足下。

森寒的劍光，劍鋒上彷彿有一隻邪惡的魔眼在冷冷的看著他，正是他的「魔眼」。

這柄劍一直在卜鷹那裡，小方從未提起過，就好像已經忘了這柄劍的存在。

但是現在他的劍又飛回來了，當然不是從天外飛來的。

是從一個人手裡飛來的。

小方回過頭，就看見了這個人，兀鷹般的銳眼，幽靈般的白衣，刀鋒般的冷酷，山嶽般的鎮定。

這個人是卜鷹。

二

小方的心沉了下去。

最後一個要爲他餞行的，竟是卜鷹。

朱雲交給他這柄青鋼劍，的確不是要他用來殺人的，在卜鷹劍下，他根本全無機會。

他們本來已經可以算是很接近的朋友，現在卻已好像是兩個世界中的人了。

小方忽然笑了笑，他這一生中從未笑得如此沉痛。

「想不到你也會來爲我餞行。」小方道：「你既然來爲我餞行，又何必把這柄劍還給我？」

「因爲這本來就是你的劍。」

卜鷹的聲音裡全無感情：「你應該記得我曾經說過，我從來不要活人的東西。」

小方當然記得。

也許卜鷹根本就沒有接受過他任何一樣東西，他的劍，他的友誼，都沒有接受過。

卜鷹道：「現在你已經有了你自己的劍，爲什麼還不將你手裡的劍還給朱雲？」

小方將劍還給了朱雲，劍柄纏著的青綾已經被他掌心的冷汗濕透。

卜鷹忽又冷笑：「現在你爲什麼還不走？是不是還想親眼看著我殺他？」

這句話是對朱雲說的。

朱雲只有走，雖然不想走，也不能不走。

小方忽然也冷笑。

「你爲什麼一定要他走？」小方問卜鷹：「你殺人時爲什麼怕被人看見？」

他沒有等卜鷹回答這句話，他知道卜鷹一定不會回答的。

他已經拔起了他的劍。

這柄劍跟隨小方已多年，每次他握起它的劍柄時，心裡都會有種充實的感覺，就好像握住了一個好朋友的手一樣。

但是這次他握劍時，卻好像握住了一個死人的手，冰冷而僵硬的手，就好像在跟一個死去的朋友最後一次握手訣別。

——這就是一個學劍的人最後一次握劍時的感覺。

如果他肯留在這裡，如果他肯將這柄劍留在地上，卜鷹絕不會出手的。

但是他不肯。

他從地上拔起這柄劍時，就等於已經將自己埋入地下。

三

卜鷹還是幽靈般站在那裡，冷冷的看著他。

卜鷹的手裡沒有劍。

卜鷹不用劍也一樣可以殺人。

他用一雙空手就能接住衛天鵬閃電般劈殺過去的快刀，現在他當然也同樣能用這雙手接住小方的劍。

小方的劍已刺出。

這一劍刺的是卜鷹心臟，也是小方自己的心臟，他一劍刺出時，就等於已經將自己刺殺於劍下。

他已經從閃動的劍光中看到「死」！

閃動的劍光忽然停頓，停頓在卜鷹的心臟之前，劍鋒已經刺穿卜鷹的白衣。

卜鷹根本沒有出手，根本連動都沒有動。

小方在最後一剎那間才勒住這一劍，小方自己也怔住。

他忍不住問卜鷹：「你爲什麼不出手？」

他問卜鷹時，卜鷹也在問他：「你爲什麼不殺了我？」

兩個人都沒有回答對方的問題，因爲他們彼此都已知道答案。

朋友！

這就是唯一的一個答案。

在這一剎那間，不但劍鋒停頓，世上所有的一切變動彷彿都已停頓。

因爲他們都已發現，不管別的人別的事再怎麼變，他們還是沒有變。

他們還是朋友。

真正的朋友，永遠都不會變爲仇敵。

高竿上的燈籠又亮起。

卜鷹忽然轉過身，看著這一點遙遠如星辰的燈光，過了很久，才慢慢的說：「你去吧！到那盞燈下去，那裡有個人在等你。」

小方沒有再說什麼。

卜鷹也沒有再說什麼。

有些事是用不著說出來的，世上所有最美的事都是用不著說出來的。

卅五　夢在江南

一

他的夢在江南。
江南在他的夢裡。

燈光也遙遠如江南，在燈下等著他的有一個人，兩匹馬。
人是「陽光」，馬是「赤犬」。人和馬都是他的朋友，永遠不變的朋友。
陽光只說了一句話，三個字：「我們走。」

二

星光比江南更遠，可是星光看得見。
江南呢？

他的夢在江南，他的夢中充滿了浪子的悲傷和遊子的離愁。

他永遠忘不了揮手離別江南時的惆悵悲傷痛苦。

現在他就要回到江南了，他心裡爲什麼也有同樣的痛苦悲傷惆悵？

「陽光」一直在他身畔，忽然問他：「你在想什麼？」

「江南。」

江南，也只不過是兩個字而已，可是聽到這兩字，「陽光」眼裡也露出種夢一樣的表情，忽然漫聲低唱：「重湖疊巘清嘉。有三秋桂子，十里荷花。羌管弄晴，菱歌泛夜，嬉嬉釣叟蓮娃。千騎擁高牙，乘醉聽簫鼓，吟賞煙霞，異日圖將好景，歸去鳳池誇。」

這是柳永柳屯田的詞，據「錢塘遺事」上說，孫何督帥錢塘時，柳屯田作這首「望海潮」贈之，卻被金主完顏亮在無意中看見了。於是完顏亮特地令畫工至江南繪「風物圖」，而且在上面題了兩句詩：

移兵百萬西湖上，

立馬吳山第一峰。

據說這就是金兵入寇江南的主要原因。

這是首美麗的詞，聽的人不覺醉了，唱的人自己也彷彿醉了。

過了很久，小方嘆了口氣：「沒有到過江南的人，都想到江南去，可是如果你到了江南，你就會懷念拉薩了。」

「我相信。」

「我回到江南後，如果有人要到拉薩來，我一定會託他帶一點江南的桂花糕和荷葉糖給你。」小方勉強笑了笑：「你雖然看不見江南的三秋桂子和十里荷花，吃一點桂花糕和荷葉糖，也聊勝於無了。」

「陽光」沉默了很久，忽然也笑了笑：「你用不著託人帶給我。」

她笑得很奇怪：「我會自己去買。」

「你自己去買？」小方還沒有聽懂她的話：「到哪裡去買？」

「當然是到江南去買。」

小方吃了一驚。

「到江南去買?你也要到江南去?」

「陽光」慢慢的點了點頭，眼中儼然已有了江南的夢，也有了剪不斷的離愁。

小方鬆了口氣：「你不會去的。」小方道：「我看得出你絕對捨不得離開拉薩，更捨不得離開那些朋友。」

「我是捨不得離開他們。」陽光道：「可是我一定要到江南去。」

「爲什麼?」

「鷹哥要我送你，要我把你送到江南。」陽光幽幽的說：「你應該知道，不管他要我做什麼，我都會聽他話的。」

小方又勉強笑了笑。

「他爲什麼要你送得那麼遠?難道他以爲我已經忘了回家的路?」

「我也不知道他爲什麼要我送你。」陽光道：「可是他既然要我送你，我就要把你送到江南，你用鞭子趕我都趕不走的。」

她也在笑，笑得很勉強，因爲她也和小方一樣，也明白卜鷹的意思。

卜鷹要她送小方，只不過因爲他想成全他們，每個人都認爲他們已經是一雙兩情相悅的情侶。

小方沉默了很久，忽然又問：「到了江南，你還會不會回來?」

「會。」陽光毫不考慮就回答：「不管到了什麼地方，我都一定會回去的。」

她忽然問小方：「你知不知道卜鷹是我的什麼人？」

「是你的大哥。」

「他是我的大哥，他當然是我的大哥。」陽光輕輕的嘆息：「可我卻不是他的妹妹。」

「你不是？」小方很意外：「你是他的什麼人？」

「我是他未婚的妻子。」陽光道：「我們已經有了婚約。」

小方怔住。

「陽光」也沉默了很久才說：「他一直不讓你知道這件事，因爲他一直認爲你很喜歡我，他不願讓你再受刺激。」

小方苦笑。

陽光又道：「而且他一直覺得自己老了，覺得自己配不上我，一直希望我能找個更好的歸宿，所以……」

小方替她說了下去。

「所以他才要你送我，送到江南？」

「他就是這麼樣一個人，總是替別人著想，從來不肯替自己想想。」陽光也苦笑：「可是他的外表卻偏偏冷得像冰一樣。」

她的笑容雖黯淡，卻又充滿驕傲，爲卜鷹而驕傲。

「他爲了你，不惜跟他的夥伴爭吵，甚至不惜以他自己的性命來保證你絕不會洩露他們的秘密。」陽光嘆了口氣：「可是這些事他寧死也不會對你說的，因爲他不願讓你心裡有負擔，不願讓你感激他。」

小方也沒有再說什麼。

他生怕自己胸中的熱淚會忍不住要奪眶而出。

他的淚不輕流，他心裡的感激也從不輕易向人敘說。

又過了很久，「陽光」才接著道：「不管他怎麼對我，我對他都不會變的。」

「所以不管你到了什麼地方，都一定會回來。」小方說。

「陽光」看著他，輕輕的問：「你明白我的意思？」

「我當然明白。」

「陽光」笑了，真的笑了，笑容又變得像陽光般燦爛輝煌。

她又握住了小方的手，握得比以前更緊。

「我知道你一定會明白的。」她說：「我也知道他沒有看錯你，你的確是他的好朋友。」

就在他們笑得最開朗，最愉快時，他們忽然聽到一種痛苦的聲音。

不是呻吟，也不是喘息，而是一個人只有在痛苦已到極限時才會發出的聲音。

聲音很低、很遠，如果不是在這死寂的大漠之夜中，他們很可能聽不見。

現在他們聽見了。

三

這是沙漠的邊緣，是個已乾涸了的綠洲。

綠洲已乾涸，正如美人已遲暮，再也無法留住任何人的腳步了。

「陽光」帶小方走這條路，不但因爲這裡行人已少，也因爲別人想不到一個像她對沙漠如此熟悉的人，會到一個沒有水的綠洲來。

沒有水，就沒有生命。旅人遠避，綠樹枯死。只剩下一座土丘仍然頑強如昔，冷眼坐視著人間的滄桑變化。

他們聽到的聲音，就是從這座土丘後傳來的。

土丘後有棵枯樹，樹上吊著一個人，一個本來早就已經應該死了的人。

無論誰受過像她這麼多折磨酷刑之後，都很難活到現在。

她能活到現在，也許只因爲她只有一半是人，另一半是魔。

這個人赫然竟是「天魔玉女」柳分分。

如果不是因爲她的衣服，連小方都幾乎認不出她就是柳分分。

她已被折磨得不成人形，連呻吟聲都發不出，只能用一隻佈滿血絲的眼睛，乞憐的看著小方。

她不是要小方救她，她自己也知道自己是絕對活不下去的。

她只求速死。

小方明白她的意思，小方也知道，如果給她一刀，對她反而是種仁慈的行爲。

但是他沒有出手，因爲他也不知道應該怎麼做才是對的。

不管怎麼樣，這個人畢竟還沒有死，誰也沒有權力決定她的死活。

「陽光」已經扭過頭，不忍再看她。

「我們走吧。」

小方不肯走。

「陽光」嘆了口氣：「你既然救不了她，又不忍殺她，爲什麼還不肯走？」

小方自己也說不出理由。

人性中本來就有很多種情感是無法解釋的，所以每個人都常常會做出一些連自己都說不出理由來的事。

小方只想先把她從樹上解下來。

「陽光」卻拉住了他的手：「你絕對不能動她。」

「爲什麼？」

「因爲你只要一動她，別人就知道我們來過這裡，就知道我們走的是這條路了。」

「別人？」小方又問：「別人是誰？」

「陽光」沒有回答，因爲「別人」已經替她回答了。

「別人就是我。」

聲音是從小方身後傳來的。

小方連一點感覺都沒有，這個人就已幽靈般到了他身後。

——從沒有人知道他什麼時候會來，也沒有人知道他什麼時候要走。

小方握緊雙拳，連指尖都已冰冷。

但是他並不覺得意外，因爲他早已知道班察巴那絕不會放過他的。

卅六 跪著死的人

一

班察巴那臉上已沒有溫柔如春的微笑，神態卻仍然堅強如金，眼神也仍然尖利如錐。

他的手上仍有弓，腰畔仍有箭。

——箭羽上有痛苦之心，倒鉤上有相思之情，充滿慾望直射人心，百發百中的五花神箭。

「陽光」又在嘆息。

「我以爲你想不到我會帶他走這條路的，想不到你還是找來了。」

她苦笑：「難怪每個人都說，如果班察巴那要追蹤一個人，就好像獵犬要追一隻雞，從來沒有一次追不到的。」

班察巴那彷彿根本沒有聽見她在說什麼，一直都在看著吊在樹上的柳分分，忽然問：「你們知不知道是誰對她下的毒手？」

「你知道？」陽光反問：「是誰？」

班察巴那沉默了很久，才說出一個名字：「是金手。」

「金手？金手是什麼人？」

「金手不是一個人，是一個組織，是呂三用黃金收買的組織。」班察巴那道：「金手就是他們用的代號。」

「以前我們爲什麼沒聽見過？」

「這也是我最近才知道的。」班察巴那道：「鐵翼、衛天鵬、柳分分，都是這組織中的人。」

「柳分分既然也是這組織中的人，他們爲什麼要這樣對付她？」

「陽光」不知道其中的原因，小方卻知道。

「因爲她曾經出賣過他們。」

在那掛著黑色鷹羽的帳篷中，她要她的同夥每個人都留下了一隻手。

現在小方明白，那次卜鷹爲什麼會輕易放過柳分分了。

他算準她的同夥一定會對付她的。

班察巴那的瞳孔在收縮，眼神更銳利，忽然冷笑：「想不到他們居然還留在這裡沒有走。」

「陽光」又問：「他們故意把柳分分吊在這裡，是不是故意向我們示威？」

她自己替自己回答：「一定是的，所以你應該趕快去找他們，給他們一點顏色看。」

她又拉住小方的手，拉著小方往他們歇馬的地方走。

「我們也應該走了。」

班察巴那卻已橫出金弓，攔住了他們的去路：「你走，他留下。」

「你要他留下來幹什麼？」陽光故意裝作不懂：「是不是要他陪你喝酒？」

「不是。」

這問題本來不必回答的，班察巴那卻回答了，回答得嚴肅而慎重。

「陽光」嘆了口氣：「我也知道你當然不是要他陪你喝酒，你要殺人時從不喝酒。」

班察巴那承認，他的眼中已露出殺機。

「你明明知道，爲什麼還要問？」

「因爲我希望你只不過是要他陪你喝杯酒而已。」

陽光的態度也變得同樣嚴肅慎重：「因爲你是絕對殺不了他的。」

班察巴那冷笑。

「我明白你的意思。」他冷笑道：「你們兩個人不妨一起出手，只要能殺了我，你可以帶他走。」

他一字字接著道：「只有殺了我，你才能帶他走。」

「陽光」又嘆了口氣！

「你錯了，你根本不明白我的意思，我根本不想殺你，但是你也絕不能殺他，否則……」

「否則怎麼樣？」

班察巴那道：「他要走時，誰也攔不住他，我要殺人時，也同樣沒有人能攔得住我。」

他右手握金弓，用左手食中兩指拈起一根羽箭：「除非他這次還能避開我這五枝箭。」

他的金弓引滿，箭已在弦，百發百中的五花神箭。

「陽光」忽然大聲道：「我也不知道他能不能避開你的箭，但是我知道，你這一箭射出，射死的絕對不止他一個人。」

班察巴那冷冷道：「你想陪他死？」

陽光道：「我不想。」

她居然笑了笑：「但是我也知道，你若殺了他，另外有個人一定會陪他死的。」

班察巴那不能不問：「誰？另外那個人是誰？」

「是波娃。」

她淡淡的接著道：「卜鷹要我告訴你，你若殺了小方，波娃也得死，你今天殺了他，波娃絕對也活不過明天。」

班察巴那的金弓仍在手，羽箭仍在弦，但是他全身都已僵硬，連扣箭的手指都已僵硬。

他瞭解卜鷹。

沒有人比他更瞭解卜鷹。

卜鷹說出來的話，就像是他射出去的箭，卜鷹的話已出口，他的箭還未離弦。

但是箭已在弦，又怎麼能不發？

忽然間，「崩」的一聲響，金弓彈起，弓弦竟已被他拉斷。

班察巴那的殺氣也已隨著斷弦而洩。

「他們果然是好朋友。」他嘆息：「我從未想到他們竟是這麼好的朋友。」

二

夜深，更深。

說完了這句話，班察巴那就慢慢的轉過身。

無邊無際的黑暗，永無盡期的寂寞。

看著他的背影，「陽光」也忍不住嘆息：「你從未想到他們是這麼好的朋友，也許只因爲你自己從來沒有朋友。」

班察巴那慢慢的點了點頭。

「也許是的……」

這句話還沒有說完，他的身子忽然如弓弦般繃緊，忽然伏倒在地上，用左耳貼地，星光照在他臉上，他臉上已露出極奇怪的表情。

他又聽見了一些別人聽不見的聲音。

「陽光」忍不住悄悄的問：「你聽見了什麼？」

「人。」

「人？」陽光又問：「有人來了？」

「嗯。」

「是到這裡來的？」

「嗯。」

「來了多少人？」

班察巴那沒有回答，也用不著回答，因爲這時小方和「陽光」一定也能聽到他剛才聽見的聲音了。

一陣非常輕的馬蹄聲，來得極快，眨眼間他們就已能聽得很清楚，人馬正是往他們這方向來的，來的最少有三四十個人，三四十匹馬。

班察巴那身子已躍起，低聲道：「你們跟我來。」

小方的「赤犬」和陽光的馬，都繫在乾涸的水池旁一棵枯樹下。

班察巴那飛掠過去，輕拍馬頭，解開馬韁，帶著兩匹馬轉入另一座比較低矮的沙丘後，忽然將「赤犬」絆倒，用自己的胸膛，壓住「赤犬」的頭。

一向驕桀不馴的「赤犬」，在他的手下，竟完全沒有掙扎反抗之力。

他出手時已經向「陽光」示意，她立刻也用同樣的方法制服了另外一匹馬。

他們用的法子迅速確實而有效，甚至比浪子對付女人的方法更有效。

這時遠處的蹄聲漸近，然後就可以看見一行人馬馳入這個已經乾涸的綠洲。

三

一行三十七個人，三十六匹馬，最後一個人騎的不是馬，是驢子。

這個人高大肥胖，騎的卻偏偏是匹又瘦又小的驢子。

驢子雖然瘦小，看來卻極矯健，載著這麼重的一個人，居然還能趕上前面三十六匹健馬。

人雖然高大肥胖，卻沒有一點威武雄壯的氣概，穿得也很隨便，跟在三十六個著鮮衣、鞭快馬、佩長刀的騎士後，就像是個雜役跟班。

奇怪的是，這些騎士們對他的態度卻極尊敬，甚至還顯得有些畏懼。

三十六個人躍身下馬後，立刻恭恭敬敬的垂手肅立在兩旁，連大氣都不敢喘。

這個人騎在驢子上東張西望的看了半天，才慢吞吞的下了鞍，一張紅通通的臉看來又老實又忠厚，臉上還帶著種迷惘的表情，又東張西望看了半天，才向一條鳶肩蜂腰的大漢招了招手，慢吞吞的問：「你說的就是這地方？」

「是。」

「我記得你好像說這地方是個綠洲？」

「是。」

「綠洲是不是都有水的？」

「是。」

「水在哪裡？」這個人嘆著氣：「我怎麼連一滴水都看不見？」

大漢垂下頭，額角鼻尖上都已冒出比黃豆還大的汗珠子，兩條腿也好像在發抖，連說話的聲音都已經開始發抖。

「三年前我到這來過，這裡的確是個綠洲，的確有水，想不到現在居然乾涸了。」

「想不到，真是想不到。」

騎驢的胖子嘆了口氣，忽然問這大漢：「最近你身體好不好？」

「還好。」

「有沒有生過什麼病？」

「沒有。」

騎驢的胖子又嘆了口氣：「那麼我猜你一定也想不到自己會死的。」

大漢忽然抬頭，臉上本來已充滿恐懼之極的表情，現在卻忽然露出了笑容。

現在他居然還能笑得出，也是件令人絕對想不到的事。

騎驢的胖子也覺得很意外，忍不住問：「你覺得很好笑？」

「我……我……我……」

大漢還在笑，笑容看來又愉快又神秘，說話的聲音卻充滿痛苦恐懼，忽然慢慢的跪了下去，跪下去的時候彷彿笑得更愉快。

他當然也看出了這胖子的殺機，明明怕得要命，居然還能笑得出，明明笑得很愉快，卻又偏偏怕得要命。

一個正常的人絕不會像這樣子的，這個人是不是已經被嚇瘋了？

他的同伴們都在吃驚的看著他，本來顯得很驚訝的臉上，忽然也全都露出了笑容，又愉快又神秘的笑容，跟他完全一模一樣的笑容。

然後這三十五個人也全都跪了下去，跪下去的時候也彷彿笑得更愉快。

騎驢的胖子臉色變了，也變得驚訝而恐懼。

就在他臉色剛開始變的時候，他臉上忽然也露出了笑容，又愉快又神秘的笑容，和另外三十六個人完全一模一樣的笑容。

然後他也跪下去。

三十七個人一跪下去就不再動，不但身子保持原來的姿勢，臉上也保持著同樣的笑容。

三十七個人一直在笑，就好像同時看到一件令他們愉快極了的事。

四

「陽光」忽然握住了小方的手，她的手冰冷而潮濕，小方的手也一樣。

看見這三十七個人如此愉快的笑容，他們連一點愉快的感覺都沒有，只覺得說不出的詭秘可怖。

他們也不知道這是怎麼回事，但是他們心裡忽然也有種說不出的恐懼。

漫漫的長夜還未過去，大地一片黑暗死寂，三十七個人還是動也不動的跪在那裡，臉上還是保持著同樣的笑容。

但是現在連他們的笑容，看來都不再令人愉快了。

他們的笑容已僵硬。

他們全身上下都已僵硬。

就在他們跪下去的時候，他們已經死了，一跪下去就死了。

他們死的時候，就是他們跪下去的時候，也就是他們笑得最愉快的時候。

他們死的時候爲什麼要笑？

他們爲什麼要跪著死？

小方想問班察巴那，「陽光」也想問，有很多事都想問。

在這片神秘而無情的大地上，如果還有一個能解釋這種神秘而可怕的事，這個人無疑就是班察巴那。

班察巴那卻不讓他們問。他忽然從身上拿出個漆黑的烏木瓶，用小指和無名指捏住瓶子，用拇指和食指拔開瓶塞，從瓶子裡倒出一點粉末在兩匹馬的鼻子上。

本來已漸漸開始要動的馬，立刻不再動了。

他不但不讓人出聲，也不讓馬出聲。

沙丘前三十七個人全都死了，死人是什麼都聽不到的。

他爲什麼還不敢出聲？

他怕誰聽見？

卅七 陰靈

一

班察巴那不但冷靜鎮定，而且非常驕傲，對自己總是充滿信心，對別人一無所懼，大家都承認這世界上已經很少有能夠讓他害怕的事了。

可是現在他的臉色卻變了，看來甚至比小方和「陽光」更害怕。

因爲他知道的事遠比他們多。

他不但知道這些人都中了毒，而且還知道他們中的就是傳說中最可怕的「陰靈」之毒。

——毒性無色無味，來得無影無形，下毒的人也像是陰魂幽靈般飄忽詭秘，來去無蹤。

從來沒有人知道下毒的人是誰，用什麼方法下的毒。也沒有人知道自己是在什麼時候中的毒，等他們知道自己中毒時，已無救了，他們的臉已因毒性發作而扭曲變形，他們的身子已因肌肉痙攣而跪下。

毒殺他們的「陰靈」也許還在千里外，也許就在他們附近。

不管他在哪，他遲早總會來看看這些死在他毒手下的人，就好像一位名匠大師完成一件精品後，總忍不住要來欣賞欣賞自己的傑作。

可是從來都沒有一個活著的人能看到他的真面目，因為他一定要等到他的對象全都死光了之後才會來，他總是會安排他們死在一個靜僻荒涼，很少有別人會去的地方。

這個乾涸的綠洲本來已很少有人跡，現在這些人都已死光了。

所以「陰靈」也很快就會來了。

——他究竟是個什麼樣的人？是男是女？是老是少？

——他究竟是人？還是幽靈鬼魂？

班察巴那的心跳已加快。

他知道如果「陰靈」發現這裡還有活人，這個活人還想再活下去就很難了。

漫漫的長夜已將過去，被冷汗濕透的衣服已被刺骨寒風吹乾。

黑暗的蒼穹已變成一種比黑暗更黑暗的死灰色。

三十七個跪著的死人，還是直挺挺的跪在死灰色的蒼穹下，等著毒殺他們的「陰靈」來看他們最後一眼。

第一個來的卻不是陰靈，是一隻鷹。

食屍鷹。

二

鷹在盤旋。

死灰色的蒼穹漸漸發白，漸漸變成了死人眼一樣的顏色。

盤旋低飛的食屍鷹忽然落下，落在一個跪著的死人身上，用鋼錐般的鷹喙，啄去了這個人的眼睛。

這是牠的第一口。

就在牠準備繼續享受這頓豐美的早餐時，牠的雙翅也忽然抽搐扭曲。

牠不是跪著死的。

鷹不會跪下，可是鷹會死。

陰靈的毒已佈滿了這個死人每一寸血肉，這隻鷹啄食了死人的血肉，鷹也被毒殺。

小方只覺得胸口很悶，悶得連氣都透不出，胃部也在收縮，彷彿連苦水都要吐出來。

就在這時候，他聽見了一聲很奇怪的聲音。

他聽見一聲犬吠。

犬吠聲並不奇怪，在江南軟紅十丈的城市，在那些山明水秀的鄉村中，雞犬相聞，他每天都能聽見犬吠聲，想不去聽都很難。

可是在這種邊陲荒塞之地，在這麼樣一個陰森寒冷的早上，無論誰都想不到自己會聽見犬吠聲的，當然更想不到自己會看見一條狗。

小方看見了一條狗。

第二個來的也不是陰靈，是一條狗。一條雪白可愛的獅子狗。

三

天色幾乎已經很亮了，已經漸漸變成死人鼻尖的顏色。

這條雪白可愛的獅子狗「汪汪」的叫著，用一種非常生動活潑可愛的姿態跑了過來，就像是一條非常受寵的小狗，跑進了牠主人的閨房。

牠知道她這脾氣溫柔的主人絕不會責罰牠的，所以牠看見每樣東西都要咬一口，看見主人的繡花鞋也要咬一口。

只可惜這裡不是千金小姐的閨房，這裡既沒有脾氣溫柔的大小姐，也沒有繡花鞋。

這裡只有死人，死人腳上穿的是皮靴。

這條雪白可愛的獅子狗，還是一口咬了下去，咬的不是死人腳上的皮靴，咬的是死人的腳踝。

這條雪白可愛的獅子狗，居然在每個死人的腳踝上咬了一口。

死人已不會痛，死人已沒有反應。

「陽光」卻有點心痛。

就像是其他那些十八、九歲的女孩子一樣，她也很喜歡這種雪白可愛的小狗。

她不忍看見這麼可愛的一條小狗，也像那隻食屍鷹一樣被毒殺。

她不忍看，又忍不住要看。

所以她看見了件怪事。

這條小狗非但沒有被毒殺，反而變得更活潑更好玩更可愛了，就好像剛吃過牠的主人親手餵給牠的美食，也想用牠最可愛的樣子來回報，博取牠主人的歡心，所以一直在不停的叫，不停的搖尾巴。

牠已經聽見牠的主人在叫牠。

「小老虎，快快來！讓媽媽親親你，抱抱你。」

牠是條小狗，不是小老虎，牠的「媽媽」也不是狗，是個人。

她是個非常可愛的人，雪白的皮膚，靈活的眼睛，烏黑的頭髮，梳成十七八根小辮子，每根辮子上都用紅絲線結了個蝴蝶。

在山明水秀的江南，在春光明媚、鶯飛草長的三月，在西子曾經浣紗的小溪旁，你也許偶然會看見這麼樣一個可愛的女孩子。

可是在此時此刻此地，無論誰都想不到自己會看見這麼樣一個人的。

——她當然不會是陰靈，絕不是。

——她是誰？爲什麼會到這種地方來？而且還帶了條小狗來？

如果不是因爲還有三十七個死人跪在那裡，「陽光」一定會跑過沙丘去問她，從自己的行囊中分給她一碗酸酸甜甜的羊奶，再問問她有沒有婆家？願不願意跟小方交個朋友？

她這主意很快就被她自己打消了，就算沒有死人她也不會跑出去了。

因爲她忽然看見一個比死人更可怕的人，穿著身雪白的衣服，就像是鬼魂般，忽然出現在這個梳著十七八根小辮子的姑娘身後。

其實他絕對不能算是個醜陋的人，高高的身材，修長筆挺，雪白的衣服整潔合身，面目五官也長得非常英俊。

他甚至比大多數男人都好看很多，但是無論誰看見他都會被嚇出一身冷汗。

這個人看來竟彷彿是透明的，露在衣裳外面的地方都是透明的，每一根血管，每一根筋，甚至連每一根骨頭都能看得很清楚。

這個人全身上下的皮膚就像是一層水晶。

四

「陽光」幾乎忍不住要叫了出來，叫這個可愛的小姑娘快跑，跑得越快越好。

她不能不替這個小姑娘擔心。

這個水晶人是不是爲了她來的？會怎麼對付她？

就算他不去動她，等她看見這樣一個人就站在自己背後時，也會被活活嚇死。

現在她已經看見他了。

她非但連一點害怕的樣子都沒有，反而高興得跳了起來，抱住他的脖子，在他透明的臉上親了一下。

這個水晶人居然也會笑，而且還會說話，聲音居然充滿柔情。

可是他說出來的話卻又讓人嚇一跳。

「是不是全都死了？」他輕撫著這小姑娘的秀髮柔聲的問：「是不是已經死得乾乾淨

淨？」

「當然全都死了。」小姑娘道：「你要不要再叫小老虎去咬他們一口試試看？」

她瞪著眼笑道：「你不許他們看見今天的太陽，他們怎麼能活到太陽昇起來的時候？」

「陽光」忍不住又悄悄握起小方的手，兩個人的手都比剛才更冷。

——這個「水晶人」就是陰靈！

——這條小狗剛才去咬那些死人的腳，就是爲了要去試試他們是不是已經真的死了，只有死人才不會痛。

——一定要等到每個人全都死光，陰靈才會出現。但是「陽光」還沒有死，小方和班察巴那也沒有死。

他們終於活著看到了陰靈的真面目。

他們還能活多久？

陰靈很可能已經發現了他們，已經施放出他那無色無味無影無形的毒，散發在風裡，散發在空氣裡，等他們發現自己中毒時，已經跪了下去。

跪下去死！

一個人就算要死，也不能跪著死。

爲什麼不索性出去跟他拚一拚？

「陽光」幾乎又忍不住要衝出去了，可是就在這時候，她又看見了一件可怕的事。

五

三十七個跪在地上的死人中，竟有一個忽然復活了。

復活了的死人就是那個騎驢來的胖子。

他高大肥胖的身子，忽然像是條黃河鯉魚般凌空躍起，灑出了一片銀光。

銀光一閃，落在那水晶人身上，竟是一面網。

他的身子在空中一挺，翻身落在一棵枯樹上，提起了銀網。

這個水晶人立刻變成了網中的魚。

卅八 胡大掌櫃

一

一個人如果真的死了，就絕不會復活，每個人都只有一條命，只能死一次。

這個胖子當然也不能例外。

「你有沒有想到我還沒有死？」他大笑：「你有沒有想到世上還有你毒不死的人？」

他笑得愉快極了，這件事他實在做得很得意。

但是他的笑容很快就結束，因爲他也看見了一件連他都想不到的事。

他看見這個小姑娘也在笑。

剛才她抱著那水晶人親了又親，他們之間的關係當然很親密，現在她的親人忽然被吊了起來，她應該覺得很吃驚、很憤怒、很難受才對，如果她不敢跟這個胖子拚命，就該趕快逃命的。

可是她偏偏還在笑，不但在笑，而且還在拍手，不但笑得比誰都開心，拍手也比誰都拍得起勁。

「好功夫！好本事！」她拍著手笑道：「就算你別的本事都不怎麼樣，裝死的本事絕對可以算是天下第一。」

她又問：「剛才小老虎咬你的時候，你難道一點都不痛？」

胖子又笑了。

「誰說我不痛，我痛得要命！」

「你怎麼能忍得住的？」

「想到這位橫行天下，無論誰一聽見都會嚇一跳的陰靈陰先生，馬上就要被我用網子吊起來的時候，再痛我都能忍得住了。」

「有理，非常有理！」小姑娘嫣然道：「胡大掌櫃說的話，好像總是有道理的。」

現在「陽光」才知道這個胖子姓胡，而且是位大掌櫃。

在北方，大掌櫃就是大老闆，他看來確實也有幾分像是位大老闆的樣子。

小姑娘忽然嘆了口氣。

「想不到胡大掌櫃今天居然說錯了一件事。」

「什麼事？」

「被你用網子吊起來的這個人並不是陰先生。」小姑娘道：「你根本不該把那位人人聽見都會嚇一跳的陰靈稱爲陰先生的。」

「我應該稱呼什麼？」

「你應該叫一聲陰大小姐。」

她又開始笑：「最少也應該叫一聲陰大姑娘。」

胡大掌櫃當然要問：「這位陰大小姐在哪裡？」

「就在這裡，就在你面前。」她指著自己的鼻子：「我就是陰大小姐，陰大小姐就是我。」

二

胡大掌櫃又笑不出了。

誰也想不到這個頭上梳著十七八條小辮子，手裡抱著條小狗，笑起來就好像是你自己的外孫女那麼可愛的一個小姑娘竟是陰靈。

她又抱起了她的小狗，她忽然問這位已經笑不出的大掌櫃。

「我唱個歌給你聽好不好？」

這個時候她居然要唱歌，她居然真的唱了起來。

燕北有個三寶堂，
名氣說來響噹噹，
三寶堂，有三寶，
誰見誰遭殃，兩眼淚汪汪。
爹見沒有爹，娘見沒有娘，誰見誰遭殃，眼淚如米湯。

三

她唱的根本不能算是一首歌，詞句也不能算優美，只不過每一句都是事實。

三寶堂雄踞燕北，名氣的確非常響亮，三寶堂中的確有三寶，江湖中人如果遇到這三寶，不遭殃的確實很少。

等她唱完了，胡大掌櫃也爲她拍手。

「你憑良心說，我唱的這支歌好聽不好聽？」

「好聽！」胡大掌櫃笑道：「我保證從來都沒有人比你唱得更好聽。」

陰大小姐吃吃的笑道：「千穿萬穿，馬屁不穿，我這麼恭維你，你當然也要稱讚我兩句！」

「當然當然！」

「別人聽我稱你爲大掌櫃，一定以爲你最多也不過是家小飯館的大掌櫃而已。」

胡大掌櫃嘆了口氣：「我也情願如此，那些小飯館的大掌櫃們，麻煩一定比我少得多。」

「可惜你偏偏就是三寶堂的大掌櫃，想賴都賴不掉。」

她忽然問：「你能不能告訴我，你的三寶堂裡究竟有哪三寶？」

胡大掌櫃微笑：「你猜呢？」

陰大小姐眼珠子直轉：「這個會吊人的網子當然是一寶。」

「當然是的。」

「聽說你還有種叫『鳳凰展翅』的暗器，雖然比不上昔年孔雀山莊的孔雀翎，也差不了太多。」陰大小姐道：「那當然也應該算一寶。」

「當然應該。」

「還有一寶用不著你說，我也猜得出。」陰大小姐笑道：「三寶堂中最寶的一寶當然就是你。」

胡大掌櫃大笑：「就！完全對！我若不是寶，怎麼毒不死？」

「就因爲江湖中的人都說你是毒不死的，所以我才想試試你。」

「現在你已經試過了。」胡大掌櫃道：「已經應該輪到我來試你了。」

「試什麼？怎麼試？」

「試試你能不能避得過我的鳳凰展翅。」

他的臉上雖然還在笑，眼睛裡卻已露出殺機。

他的人雖然沒有動，兩隻手的手臂上都已有青筋凸起。

陰大小姐眼珠子又轉了轉，忽然道：「你真的相信我就是陰靈？你為什麼不先問問我，被你吊起來的這個人是誰？」

胡大掌櫃盯著她，眼睛連眨都不眨，好像已下定決心絕不回頭去看那個水晶人。

他用不著再為一個已經被吊在網子裡的人分心，不管這個人是誰都一樣，但他卻還是問：「那個人是誰？」

「其實他根本不能算是一個人。」陰大小姐道：「他只不過是個瓶子。」

「瓶子？什麼瓶子？」

「裝毒藥的瓶子，裡面各式各樣的毒藥都有。」陰大小姐道：「所以只要你的手敢動一動，就死定了！」

「誰死定了？」

「你！當然是你！」陰大小姐柔聲道：「只要他對你吹一口氣，你就死定了。」

胡大掌櫃大笑。

「不管你說什麼都騙不過我的。」他大笑道：「我這人看起來雖然像條豬，其實卻是條老狐狸。」

「只要你的手一動，你就是條死狐狸。」

胡大掌櫃的笑聲忽然停頓。

這次說話的人不是陰大小姐，當然也不是自己，說話的人就在他背後，距離他絕對不會超過三尺。

他身子突然拔起，凌空翻身，立刻就發現本來吊在網子裡的人已經不在網子裡。

就在他下定決心，絕不上這個小姑娘的當，絕不回頭去看的時候，這個水晶人已經從他的網子裡脫身而出，到了他的背後，他的網子已經到了這個人的手裡。

胡大掌櫃還是上當了。

這個水晶人雖然不是人，也不是瓶子。

這個小姑娘又說又笑又唱，就是爲了要讓他從網裡脫身。

如果天下只有兩人能從這面銀網中脫身，他就是其中之一。

如果天下只有一個人，能從這面銀網中脫身，他就是唯一的一個。

他這個人不但是透明的，而且好像連一根骨頭都沒有。

梳辮子的小姑娘笑得更甜。

「現在你總該知道誰是陰靈了，只可惜現在已經遲了一點。」

「的確遲了一點。」胡大掌櫃又掠上枯樹：「幸好還不太遲，只要我還沒有死，就不算太遲，就算我要死，你們也得陪著我死！」

他的一雙手已如鳳凰的雙翅般展起：「就算我要下地獄，你們也得陪我去！」

四

就好像「飛雲五花錦」、「孔雀翎」、「天絕地滅人亡、無情奪命三才釘」，這些在傳說中已幾近神奇的暗器一樣，江湖中也沒有人知道三寶堂的「鳳凰展翅」究竟是種什麼樣的暗器，究竟是用什麼手法打出來的，有多大的威力。

因爲看過這種暗器威力的人，通常都會死在這種暗器下。

但是也沒有人能懷疑胡大掌櫃說的話。

他說要他們陪他下地獄時，他的意思就真是要他們陪他下地獄！

他對自己和他的暗器都有絕對的信心，絕對有把握。

他的雙臂展起，姿勢神秘而怪異。

水晶人那本來完全透明的臉上，忽然泛起了一層暗紫色的煙霧。

小姑娘臉上的笑容也看不見了。

只要有一個人出手，三個人都要同下地獄——只有下地獄，絕無別處可去。

就在這時候，比較大的一座沙丘後忽然傳來了一陣悠揚的笛聲。

笛聲柔美悠揚，曲調纏綿悱惻，不知不覺間已吹散了人們心裡的殺氣。

兩個人隨著笛聲從沙丘後轉出來，是兩個小小的人。

一個小小的小老頭，牽著匹青騾，一個小小的老太太，橫坐在騾背上吹笛；小小的臉，小小的鼻子，小小的嘴，小小的一根白玉笛。

五

小方從來也沒有看見過這麼小的人，身上無論什麼地方都要比平常人小一半。

但是他們的身材卻很勻稱，絕沒有一點畸形醜陋的樣子。

小老頭頭髮花白，面貌慈祥；小老太太眉清目秀，溫柔嫻靜，拿著笛子的一雙手，就好像她手裡的白玉笛一樣晶瑩圓潤。

無論誰都不能不承認這兩個人是天造地設的一對，配得真是好極了。

胡大掌櫃沒有出手，陰靈也沒有。

無論誰聽見了這樣的笛聲，看見了這麼樣的兩個人，都沒法子下毒手的。

陰大小姐臉上又露出花一般的笑靨。

「老先生，老太太，你們是從哪裡來的？要到什麼地方去？」

看見這樣可愛的小姑娘，小老頭臉上也不禁露出微笑。

「我們就是從你們來的地方來的。」他說：「但是我們卻不想到你們去的地方去。」

他的笑容和藹，說話輕言輕語：「天下這麼大，有這麼多好玩的地方可以去，爲什麼偏偏要下地獄？」

卅九　下地獄

一

笛聲更溫柔纏綿，水晶人臉上的煙霧已消散。

胡大掌櫃忽然掠下樹梢，恭恭敬敬的向這個小老頭躬身行禮。

小老頭彷彿很驚異。

「我只不過是個平庸老朽的老頭子而已，閣下爲何如此多禮？」

胡大掌櫃的臉色卻更恭敬：「看見風老前輩，誰敢無禮？」

陰大小姐的眼睛忽然亮了，吃驚的看著這小老頭。

「風老前輩？」她的聲音也顯得很驚訝：「你就是那位『千里飛雲，萬里捉月，神行無影追風叟』的風老爺子？」

小老頭微笑點頭。

陰大小姐看著騾背上的小老太太說：「風叟月婆，形影不離，這位當然就是月婆婆了。」

追風叟笑容更慈祥：「想不到這位姑娘小小年紀，就已有這樣的見識。」

胡大掌櫃乾咳兩聲，問道：「風老前輩不在伴月山莊納福，到這種窮荒之地來幹什麼？」

追風叟看著他直笑：「胡大掌櫃不在三寶堂納福，卻來到這種窮荒之地，爲的又是什麼呢？」

「我……」

「其實胡大掌櫃不說我也知道。」

「你知道？」胡大掌櫃彷彿吃了一驚：「你怎麼會知道的？」

「我們本來就是爲了同一件事而來的，我怎麼會不知道？」

胡大掌櫃更吃驚，故意問：「風老前輩說的是哪件事？」

「就是這件事。」

他微笑著，慢慢的從身上拿出了一隻手。

一隻金光燦爛的「金手」！

「既然大家都是爲此而來的，爲什麼要一起下地獄？」追風叟笑道：「既然我們都已來了，應該下地獄的就是別人了。」

現在他們已經來了，應該下地獄的人是誰？

二

悠揚的笛聲遠去，人也已遠去。

他們都是爲了「金手」而來的。

在金手的號令下，絕不容許私人的恩怨或過節存在，不管你是陰靈也好，是胡大掌櫃也好，不管你是什麼人都一樣。

金手一現，就已有這麼大的威力。

班察巴那翻身躍起，用一種很奇怪的眼色瞪著小方，忽然說出句很奇怪的話：「現在我才知道卜鷹爲什麼肯讓你走。」他忽然又嘆了口氣：「你走吧！快走！」

小方不懂，正想問他爲什麼要這樣說，是什麼意思？

可是說完了這句話，班察巴那也走了，就像是一陣風一樣飄然遠去。

他要走的時候，從來都沒有人能留得住他。

三

昏黯的油燈，混濁的麵湯，湯裡有沙子，麵裡也有沙子，吃一口就有一嘴沙。

可是他們總算來到一個有人煙的地方，小方和「陽光」都把這碗麵吃光了，連麵湯都喝光。

在這種邊陲上的窮鄉僻鎮裡，看到那些衣不蔽體，滿街爭拾駝馬糞便的孩子，誰都不敢再暴殄天物了。

吃完了這碗麵，他們就靜靜的坐在昏燈下，心裡彷彿有很多話要說，卻又不知道應該從何處說起。

也不知過了多久，小方忽然問：「你有沒有聽說過追風叟這個人？」

「我聽過。」

「你知道他是個什麼樣的人？」

「我知道。」陽光說：「二十年前他就已號稱是『輕功天下第一』，這二十年來江湖中雖然人才輩出，能超過他的人還是不多。」

小方沉默，又過了很久才開口：「我在江南的時候，有個年紀比我大很多的好朋友，他的武功雖然不太高，可是江湖中的事，誰也沒有他知道的多。」

「陽光」聽著，等著他說下去。

小方又道：「他曾經把當代武林中最可怕的幾個人的名字都告訴過我。」

「其中就有一個是追風叟？」

「有。」小方道：「有追風叟，也有胡大掌櫃。」

他沒有提起陰靈，在大多數江湖人的心目中，「陰靈」根本不能算是一個人，因爲誰也不能確定他是否真的存在。

「現在他們都來了，都是爲金手而來的。」小方接著說道：「金手要他們來幹什麼？」

「陽光」沒有回答。

他們都聽班察巴那說過，「金手」就是富貴神仙呂三建立的一個秘密組織，目的是要在藏人間造成混亂，奪取權力。

失金被殺的鐵翼，尋金斷臂的衛天鵬，追殺小方的搜魂手，被吊死在樹上的柳分分，都是這個組織中的人。

現在他們已將組織中的頂尖高手都調集到這裡來了。

這些人是來幹什麼的？小方和「陽光」一樣都應該能想得到。

小方看著面前的空碗，就好像這個粗瓷破碗裡會忽然躍出個精靈來解決他的難題。

他看了很久很久才說：「他們也不一定是來找卜鷹的。」

「嗯。」

「就算他們是來找他的，他也有法子對付他們。」

「嗯。」

「他的手下高手戰士如雲，他自己更是高手中的高手。」小方道：「如果連他都不能對付他們，別人去也沒有用。」

「嗯。」

「不管怎麼樣，這些事反正都已經跟我完全沒有關係了。」小方道：「反正我已經完全脫離了他們，再過一個多月，我就可以回到江南了。」

他的聲音很低，這些話就好像是說給他自己聽的：「你沒有到過江南，所以你永遠都不會想到江南是個多麼美的地方，那些橋，那些水，那些船，那些數不盡的青山綠水……」

「陽光」靜靜的看著他，不管他說什麼，她都應聲附和。

可是說到這裡，小方忽然打斷了自己的話，大聲道：「我要喝酒！」

四

他喝了很多酒。

又兇又辣的土城燒，喝到肚子裡，就像是一團烈火。

他記得卜鷹曾經陪他喝過這種酒，喝過很多次，每一次酒後微醉時，卜鷹就會低唱那首悲歌，那種蒼涼的意境，那種男兒的情懷，使人永遠都忘不了。

這個外表比鐵石還冷酷的人，心裡究竟隱藏著多麼深的痛苦？

小方一碗又一碗的喝著，不知不覺間也開始擊掌低唱：

兒須成名，

酒須醉，酒須醉……

他沒有再唱下去。

他的聲音已嘶啞，眼睛已發紅，忽然用力一拍桌子，大聲說：「我們回去。」

「陽光」還是很安靜的看著他。

「回去？」她問小方：「回到哪裡去？」

「回拉薩。」

「你既然已經走了，爲什麼又要回到那裡去？」陽光淡淡的問：「難道你已經忘了，再過一個月，你就可以回到江南了，那是你的故鄉，你的朋友，你的夢，全都在那裡？」

她冷冷的盯著小方，又問一遍：「你爲什麼又要回到拉薩去？」

小方也抬起頭，狠狠的盯著她：「你明明知道我是爲了什麼，你爲什麼還要問？」

「陽光」的眼睛就像是春雪般溶化了，化爲了春水，比春水更溫柔。

「我當然知道你爲的是什麼。」她幽幽的說：「你跟我一樣，都知道那些人是來幹什麼的，你也跟我一樣，都不能忘記卜鷹。」

小方已不能再否認。

他也不能忘記班察巴那說的那句話。

——現在我才明白卜鷹為什麼肯讓你走了。

卜鷹很可能已經有預感，已經知道有強敵將來，所以不但讓他走，而且還要他帶著陽光一起走。

不管他自己遭遇到什麼事，卜鷹都絕不肯讓他們受到連累或傷害。

「可是你自己也說過，如果連卜鷹都不能對付他們，別人去也沒有用。」陽光柔聲道：「你既然已完全脫離了我們，誰也不能再勉強你回去送死，如果你不想回去，誰也不會怪你。」

「不錯，我也知道誰都不會怪我的。」小方說：「可是我自己一定會怪自己。」

「你寧願回去送死？」

小方握緊雙拳，一個字一個字的說：「就算那裡已經變成個地獄，我也要下去！」

四十　壯士斷腕

一

拉薩還是拉薩，還是跟他們離開的時候一樣，天空晴朗，陽光燦爛。

布達拉宮的圓頂依舊在藍天下閃閃發光，所有的一切好像都沒有絲毫變化。

這古老的聖城就像是他們的友情一樣，永遠都不會變的。

他們回到了拉薩。

「陽光」的笑容又變得好像這裡的天氣一樣明朗，小方的臉色卻更陰暗。

「這裡好像什麼事都沒發生過。」

「好像是的。」

「如果那些人已經來了，已經有了行動，這裡一定變得很亂了。」陽光說：「每次有事發生時，卜鷹都會派人在城外巡邏示警。」

她笑得更愉快：「可是現在這附近連一個我們的人都沒有。」

他們還沒有進入拉薩聖地，路上只能看見三個人，都是活佛的虔誠信徒，不遠千里到這裡來朝聖的，三步一拜，五步一叩，用最艱苦的方法來表示他們的虔誠和尊敬。

他們的精神和肉體都已進入一種半虛脫的狀態，對所有能夠看得見的都視而不見，對所有能夠聽得見的都聽而不聞。

他們已經將自己完全投入了一種聽不見也看不見的虛無玄妙中。

小方忽然改變了話題：「有些事件雖然看不見也聽不見，卻還是不能否定它的存在。」

他眼中帶著深思的神情，慢慢的接著道：「有時它甚至遠比能夠看得見也聽得見的更真實，也存在得更久。」

「陽光」既不能完全瞭解他的意思，也不懂他為什麼會忽然說出這些話來。

但是她沒有問。

因為她忽然發現有些事變了，變得很奇怪。

二

他們決定先到八角街上的「鷹記」商號去看看動靜，再回去看卜鷹。

所以他們沒有向布達拉宮旁邊的那條郊道走，直接就從大路進入市區。

街道上的行人已漸漸多了，有很多人都認得「陽光」。

這裡是她生長的地方，她從小就是個開朗熱情慷慨的人，從小就非常討人歡喜，受人歡迎，尤其是那些匍匐在泥土上求乞的乞丐們，每次看見她，都會像蒼蠅看見蜜糖一樣湧過來。

可是今天他們一看見她就遠遠的避開了，好像連看都不敢看她一眼，就算有些人偷偷的在看她，眼睛裡的表情也很曖昧詭秘，甚至顯得很害怕，就好像生怕她會爲他們帶來什麼瘟疫災禍一樣。

她自己知道她還是以前那個人，一點都沒有改變。

這些人怎麼會變成這樣子的？是不是因爲他們都知道小方已經不再是「鷹記」的人？是不是因爲卜鷹已經警告過他們，不許他們再跟小方接近？

這些問題都只有等他們到了「鷹記」之後才能得到解答。

他們牽著馬，很快的走過擁滿人群，堆滿貨物的街道，終於看見了「鷹記」的金字招牌。

「鷹記」的招牌也還是和以前一樣在太陽下閃閃發光。

「陽光」總算鬆了口氣：「朱雲看見你的時候，樣子說不定會有點怪怪的。」她勸小方：

「你不要理他就好了，不管他怎麼樣對你，你最好都假裝沒看見。」

小方根本就不用「假裝」沒看見，平時終日都留守「鷹記」的朱雲，今天居然不在，那些已經爲「鷹記」服務多年的伙計也不在。

「鷹記」的招牌店面雖然全都沒有變，可是裡面的伙計卻已全都換了，「陽光」居然連一個認得的人都沒有。

他們居然也都不認得「陽光」，居然把她當作主顧，兩個伙計同時迎上來，先後用漢語和藏語問她和小方要買什麼。

「陽光」覺得很絕。

這些新來的伙計就算不認得她，也應該知道「鷹記」商號有她這麼樣一個人，就像是「藍色陽光」一樣的人。

「我什麼都不買。」陽光說：「我是來找人的。」

「找哪位？」說漢語的伙計臉圓頭尖，長得很滑稽，說的是一口極道地的京片子。

「我找朱雲。」

朱雲是這裡的大管事，可是這兩個伙計卻好像從來沒有聽過這名字。

兩個人你看看我，我看看你，同時搖了搖頭：

「我們這兒沒聽說過有這麼樣一個人。」

「陽光」覺得更絕了。

「我看你一定是新來的。」她問這個伙計：「你來了多久？」

「才三天。」

「你知不知道這裡的老闆是誰？」

說京片子的伙計笑了。

「做伙計的人，如果連老闆是誰都不知道，豈非是糊塗蟲？」

他不糊塗，所以他說：「這的老闆姓衛，不是燕趙韓魏的魏，是天津衛的衛，叫衛天鵬。」

三

「陽光」打馬，馬飛奔。

——卜鷹一戰創立的「鷹記」商號，老闆怎麼會變成了衛天鵬？

「不知道。」

所有的伙計都是新來的，都是從外地來的，這些事他們完全不知道！甚至連卜鷹的名字他們都沒有聽說過。

「陽光」相信他們是真的不知道，就算殺了他們，也一樣不知道。

他們也不知道衛天鵬在哪裡！老闆的行蹤，做伙計的人本來就無權過問。

——卜鷹呢？

「陽光」打馬，馬飛奔，奔向卜鷹的莊院。

她不能確定卜鷹是不是還在那裡。

想到那些人看見她時的奇怪表情，想到那些人眼裡那種曖昧詭譎的神色，她心裡已經有了種連想都不願去想的不祥預兆。

但是她一定要去找。

在他們離開拉薩的這段日子裡，這裡究竟出了什麼事？發生了什麼可怕的變化？

所有的問題都一定要先找到卜鷹才能得到解答。

但是她已經找不到卜鷹了。

她和小方趕到卜鷹的莊院時，那地方竟已變成了一片瓦礫，所有的亭台樓閣，樹木花草，都已被一把大火燒得乾乾淨淨。

「好大的一場火。」

多年後人們提起這次大火時，心中仍有餘悸：「火頭至少有三四十個，一開始就有三四十個地方同時燒起來，整整燒了三天三夜。」

每個人都認爲那是場「天火」，是上蒼降給這家人的災禍。

起火的真正原因從來都沒有人知道，也沒有人想知道。

四

「陽光」站在瓦礫間。

她依稀還能分辨出這地方本來是個八角亭，四面是一片花海，每當春秋佳日，卜鷹空閒的時候，她總是會陪他到這裡喝兩盅酒，下一局棋。

沿著花叢間一條用綵石鋪成的小徑往東走，就是她居住的小院。

她已經在那裡住了十年，她所有的夢想都是在那裡編織成的，所有的回憶也全都留在那裡。

可是現在什麼都沒有了。

她癡癡的站著，癡癡的看著，看著這一片令人心碎的廢墟。

她沒有流淚。

爲了一個心愛的瓷娃娃被砸破，她會流淚，爲了一條小貓的死，她會哭半天。

但是現在她反而沒有流淚。

舊夢依稀，滿目瘡痍，沒有人，沒有聲音，所有的一切都已化作飛灰。

——卜鷹呢？

「他一定還活著，一定不會死的。」

她一直不停的喃喃低語，反來覆去的說著這兩句話，也不知是說給小方聽的，還是在安慰自己。

小方連一句話，一個字都沒有說。

他還能說什麼？

這裡不是他的故鄉，不是江南，但是他心裡的傷痛絕不比她輕。

他瞭解她對卜鷹的感情。

庭園被焚，還可重建，人死卻不能復生了，只要卜鷹還活著，別的事都沒關係。

——他是不是還活著？

——如果他還沒有死，他的人在哪裡？

瓦礫間傳來一陣沉重的腳步聲，一個高大的喇嘛踏著灰燼大步而來。

「陽光」回過頭，看著他。

「我認得你。」她的聲音雖已嘶啞，居然還能保持鎮靜：「你是噶倫大喇嘛的弟子。」

「是！」這喇嘛說：「我叫阿蘇。」

「是他叫你來的？」

「是。」

阿蘇的神情也很沉痛：「三天前我就已來過。」

「來幹什麼？」

「那時火已熄了，我來清理火場。」

「陽光」的手立刻就因激動而顫抖，過了很久才能問：「你找到了什麼？」

阿蘇也沉默了很久，等到情緒平靜才能回答。

「在劫難逃，天意難測，我來時這裡已經什麼都沒有了，什麼都被燒光了，我只找到了一點骨灰。」

他找到的不是「一點」骨灰，他找到的骨灰裝滿十三個瓦罈。

「骨灰？」陽光盡力控制自己：「是誰的骨灰？」

「是誰的骨灰？是誰的骨灰？……」阿蘇黯然道：「這裡也有我的族人，我的朋友，這三天裡我日日夜夜都在找，我也想知道那是誰的骨灰，只可惜每個人的屍骨都已成灰，還有誰能分辨得出？」

「每個人？」陽光問：「每個人是什麼意思？」

阿蘇長長嘆息，黯然無語。

「陽光」用力扯住他的袈裟：「你知不知道這裡本來一共有多少人？你說每個人，難道是說他們全都——？」

她的聲音忽然停頓，好像連她自己都被她這種想法所震驚。

「不會的，絕不會。」她放開了手：「這裡一定還有人活著，一定還有，你只要找到一個，就可以問出別的人在哪裡了。」

阿蘇默默的搖頭。

「難道你連一個人都沒有找到？」

「沒有。」阿蘇道：「我連一個活著的人都沒有找到。」

他慢慢的接著道：「起火的那天晚上，這裡究竟發生了什麼事，究竟是誰放的火，恐怕永遠都沒有人能夠說出真相來了。」

「沒有人能說出真相？」陽光漸漸失去控制：「難道你還猜不到誰是兇手？」

「你知道兇手是誰？」

「我當然知道。」陽光握緊雙拳，說出了幾個名字：「衛天鵬、胡大掌櫃、風叟月婆、陰靈，這些人都是兇手。」

「你認為就憑這些人，就能將卜鷹、朱雲、嚴正剛、宋老夫子，和這裡的數百戰士在一夕之間一網打盡？不留一個活口？」

阿蘇自己回答了這問題：「就憑這些人，恐怕還辦不到。」

「你認爲還有誰？」

「還有內應！」

「內應？」陽光問：「你認爲這裡也有他們埋伏的奸細？」

「你們能夠派奸細埋伏在他們的組織裡，他們爲什麼不能？」

「陽光」沉默，過了很久，忽然又問：「波娃呢？」

「那天晚上，波娃也到這裡來了。」阿蘇道：「她說她一定要來見卜鷹。」

「起火的時候，她也在這裡？」

「是的。」

「現在她人呢？是死是活？」

這問題又是誰也沒法子回答的，阿蘇反問：「難道你懷疑她已經做了對方的奸細？」

「陽光」拒絕回答這問題，可是她的態度已經很明顯。

她一向不信任波娃。

女人對女人本來就有種天生的敵意，很少有女人能夠完全信任另一個女人，尤其是在美麗的女人之間，這種情況更明顯。

「這次你錯了。」阿蘇斷然道：「奸細絕不是波娃！」

「你怎麼能確定？」

「因爲……」阿蘇遲疑著，過了很久才下定決心說：「因爲我在無意間發現了一個秘密。」

「什麼秘密？」

「有關卜鷹、班察巴那和波娃三個人之間的秘密，有關他們的身世和……」

阿蘇沒說完這句話。

他嚴肅沉重的臉上，忽然露出種詭秘之極，又愉快之極的笑容，忽然慢慢的跪了下去，一跪下去，就動也不再動了。

晴空萬里，四野杳無人跡，看不見那個透明如水晶的陰靈，看不見那個梳著一頭小辮子的小姑娘，也看不見那條雪白可愛的獅子狗。

他們是在什麼時候毒殺了阿蘇的？阿蘇知道的是什麼秘密？

陰靈爲什麼不讓他說出這個秘密來？

一個有關卜鷹、班察巴那和波娃三個人之間的秘密，和陰靈他們又有什麼關係？

陽光忽然又拉住小方的手：「我們走。」她說：「我們去找卜鷹。」

「你能找得到他？」

「只要他不死，我就能找得到。」陽光依舊充滿信心：「他一定不會死的。」

「如果他還沒有死，怎麼能拋得下這些事，自己卻一走了之？」小方問。

「蝮蛇螫手，壯士斷腕。」陽光說：「到了必要時，什麼事他都能拋得下，什麼事他都可以犧牲。」

她慢慢的接著道：「因爲他要活下去，無論活得多艱苦，他都要活下去，因爲他還要重建他的家園，還要殲滅他的仇敵，所以他能走，不能死！」

她凝視著小方：「你應該明白，死有時遠比活容易得多，有人雖然寧可選擇比較容易的一條路走，寧可一死了之，他卻絕不是這種人。」

「是的，我明白。」小方忽然也有了信心：「他一定還活著，一定不會死的！」

四一　在山深處

一

在山深處，在水之濱，在一個遠離紅塵的綠樹林裡，搭著一間小小的木屋。

在你飽經憂患，歷盡艱苦，出生入死，百戰歸來的時候，偷半月閒，帶一個你所喜歡，而她也喜歡你的女孩，到這木屋來，做一點你喜歡做，她也喜歡做的事，或者什麼事都不做。如果你有這麼樣一間木屋，如果你有這麼樣一個女孩子，你當然不願別人來打擾。

所以這木屋，這女孩，一定是你的秘密，絕不會有第三者知道的秘密。

所以你有了危險時，也可以躲到這裡來。

卜鷹有這麼樣一間木屋，在山深處，在水之濱，在一個遠離紅塵的綠樹林裡。

「陽光」就是他的女孩子。

這是他們的秘密，本來只有他們兩個人知道，現在她把小方帶來了。

二

木屋有四扇大大的窗子，一個小小的火爐。

如果是夏天，他們就會打開窗子，讓來自遠山、來自水之濱的風吹進窗戶來，靜靜的呼吸著風中從靜山帶來的木葉芬芳。

如果是冬天，他們就會在小小的火爐裡生一堆旺旺的火，在火上架一個小小的鐵鍋，溫一壺酒，靜靜的看著火焰閃動。

這是他們的世界，寧靜的世界。

「如果卜鷹還活著，一定會到這裡來的。」陽光說：「他一定知道我一定會來找他。」

卜鷹沒有來。

門沒有鎖。

除了他們兩個人之外，沒有人知道這個地方，門不必鎖。

「陽光」推開門，臉上的血色就褪盡了。

一間空屋，滿屋相思，滿屋濃愁——他爲什麼沒有來？

她的身子突然發抖，血色已褪白的臉上忽然起了種奇異的紅暈。

她的身子抖得好可怕好可怕，她的臉紅得好奇怪好奇怪。

她看見了什麼？

她什麼都沒有看見。

窗下有張小桌，她的眼睛就盯著這張小桌子看，可是桌上什麼都沒有。

無論誰在看著一張空桌子時，臉上都絕不會露出她這樣的表情。

她爲什麼會忽然變得如此興奮激動？難道她能看得見一些別人看不見的東西？

小方忍不住要問她。

「陽光」用力咬住嘴唇，過了很久才能開口：「他沒有死，他已經到這裡來過。」

「你怎麼知道他來過？」

「這張桌上本來有個泥娃娃，是他特地從無錫帶回來的泥娃娃。」陽光輕輕的說：「他一直覺得泥娃娃很像我。」

小方終於明白：「你們上次走的時候，泥娃娃是不是還在這張桌上？」

陽光點頭：「我記得清清楚楚，絕不會錯。」她說：「我們臨走的時候，我還親了它一下。」

「以後你們還有沒有來過？」

「沒有。」

「除了你們之外，還有沒有別人會到這裡來？」小方又問。

「沒有。」陽光強調：「絕對沒有。」

「所以你認為卜鷹一定已經到這裡來過，泥娃娃一定是他帶走的？」

「一定是。」

她的聲音已哽咽，有些問題她想問，又不敢問，因為她知道這些問題一定會刺傷她自己。——卜鷹既然已來了，為什麼又要走？為什麼不留在這裡等她？為什麼沒有留下一點消息？

這些問題她就算問出來，小方也無法回答的。

這些問題她沒有問出來，反而有人為她回答了——是用一種很奇怪很驚人很可怕的方法回答的。

三

開始的時候，他們只聽見屋頂上有「篤」的一聲響。

接著，這間小木屋的四面八方都有了同樣的響聲，「篤、篤、篤……」一連串響個不停，就好像有無數愚蠢的獵人，將這小木屋錯認爲一個洪荒巨獸，射出了無數弩箭，釘在木屋上，想活活把牠射死。

木屋不會死，世上也沒有如此愚蠢的獵人。

這是怎麼回事？

他們很快就明白這是怎麼回事了。

就在這一瞬間，木屋忽然飛起，每一塊木板都忽然脫離了原來的結構，一塊塊飛了出去。

每一塊木板上都釘著個鋼鉤，每一個鋼鉤上都帶著條長索。

他們只看見一條條長索帶著一塊塊木板滿天飛舞，一眨眼就不見了。

木屋也不見了。

那張小小的空桌子還在原來的地方，那個小小的火爐也還在原來的地方。

木屋裡每樣東西都依舊在原來的地方，可是木屋已經不見了。

這裡是深山，是在大山最深處的一個遠離紅塵的綠色叢林最深處。

長索飛來又飛去。

木屋也飛去。

大山卻仍依舊，叢林也依舊，風依舊在吹，風中依然充滿了從遠山帶來的木葉芬芳。

雖然是白天，陽光卻照不進這濃密的原始叢林，四下一片濃綠，濃得化也化不開，綠得就像是江南的春水。

除了這一片濃綠和他們兩個人之外，天地間彷彿什麼都沒有了。

沒有別的人，沒有聲音。

「陽光」看著小方，小方看著她，孤零零的兩個人，兩個人的手腳都已冰冷。

因爲他們都知道，現在他們雖然看不見任何人，也聽不見任何聲音，可是在每一株綠樹後，每一個陰影裡，都已經佈滿他們看不見也聽不見的殺機。

長索不會無故飛來，木屋也不會無故飛去。

——他們的仇敵已經來了，跟著他們來的，在拉薩，在那火場裡，就已經盯上了他們。

——如果卜鷹還沒有走，現在當然也已落入這些人的掌握中。

——所以卜鷹走了，而且沒有留下一點消息。

——因爲他算準了「陽光」遲早一定會來找他，也算準了他的對頭一定會跟著她來的。

強敵環伺，殺機四伏。

現在他們應該怎麼辦呢？

「陽光」看著小方，小方也看著她，兩個人居然全都笑了，就好像什麼事都沒有發生過。就好像木屋還在原來的地方。

「這地方真不錯。」小方微笑道：「你早就應該帶我來的。」

「我就知道你一定會喜歡這地方。」

小方找了把椅子坐下來，忽然說：「我敢跟你打賭。」

「賭什麼？」

「我敢賭這裡一定有酒。」

「你贏了。」

「陽光」笑得彷彿真的很愉快，真的從一個小小的櫃子裡拿出了一小罈酒和兩個酒杯。

她在小方對面坐下來，小方敲開了酒罈的泥封，深深吸了口氣。

「好酒！」小方說。

他倒了兩杯酒，一杯給他自己，一杯給「陽光」。

「我敬你。」他舉杯：「祝你萬事如意，長命百歲。」

「我也敬你。」陽光說：「也祝你萬事如意。」

他們同時舉杯。

他們還沒有把杯中酒喝下去，忽然間，風聲破空，「叮」的一響，兩個酒杯都碎了。

四二 殺機四伏

一

酒杯是被兩枚銅錢擊碎的，銅錢自濃蔭深處飛來，距離他們最少在十幾丈外。

要用一枚銅錢打碎兩個酒杯並不難，要用一枚銅錢從十幾丈外打碎一個酒杯，就是另外一回事了。

但是「陽光」和小方卻好像根本沒有把它當作一回事。兩個人居然還是連一點反應都沒有，就好像手裡根本沒有拿過酒杯，又好像酒杯還在手裡，根本沒有被打碎。

如果這時候有人在看著他們，一定會認為這兩個人都是白癡。

這時候當然有人在看著他們，這木屋四面的密林中都有人。

奇怪的是，他們雖然拆了木屋，擊碎酒杯，卻沒有別的舉動。

如果說「陽光」和小方都在演戲，他們就在看戲。

這些人難道是特地來看戲的？

天色已漸漸暗了。

小方站起來，在這個已經不見了的木屋裡，沿著四面已經不見了的木壁轉了兩個圈子，忽然說：「今天的天氣真不錯。」

「的確不錯。」

「你想不想出去走走？」小方問陽光。

「陽光」看著他，看了半天，才慢慢的搖了搖頭：「我不想去。」她說：「你去，我在這裡等你。」

「好！我一個人去。」小方向她保證：「我很快就會回來的。」

四面的木壁門窗雖然已全都不存在了，他卻還是從原來有門的地方走了出去。

他走得很慢，態度很悠閒，就好像真的是吃飽了飯出去散步的樣子。

木屋建造在樹林裡特地開闢出來的一塊空地上，他剛走到空地的邊緣，林木後忽然有人影一閃，一個人輕叱：

「回去！」

叱聲中，十二點寒星暴射而出，打的既不是小方穴道，也不是他的要害，卻將他所有的去路全都封死。

迎面打來的三點寒星來勢最慢，小方既不能再向前走，也不能左右閃避，只有隨著迎面打來的這三件暗器的來勢向後退，一路退回了木屋，退回到他原來坐著的那張椅子上。

他剛坐下，這三件暗器也都落了下去，落在他面前，卻不是剛才擊碎他酒杯的那種銅錢，而是三枚精鐵打造的鐵蓮子。

鐵蓮子本來是種普通的暗器，可是這個人發暗器的手法卻極不普通，不但手法極巧妙，力量更算得準極了。

「陽光」看著小方，臉上雖然還是全無表情，眼中卻已有了憂懼之色。

現在無論誰都已經應該可以看得出，這次來的都是一等一的高手。

小方居然又向「陽光」笑了笑。

「我回來得快不快？」

「陽光」居然也對他笑了笑，嫣然道：「真是快極了。」

這句話還沒有說完，小方已經從椅子上飛身而去，腳尖點地，燕子抄水，弩箭般撲向另一邊林木的濃蔭深處。

他的身子剛撲入樹蔭，樹蔭中也響起一聲輕叱，彷彿還有劍光一閃。

「這條路也走不通，你還是得回去。」

一句話，十三個字。

這句話說完，小方的身子已經從樹蔭中飛出，凌空翻了三個筋斗，從半空中落下來，又落在木屋裡，落在他原來坐著的那張椅子上，衣襟已被劍鋒劃破了兩條裂口。他坐下去很久之後，還在不停喘息。

這邊樹蔭中無疑埋伏有絕頂高手。

奇怪的是，他雖然擊退了小方，卻沒有再乘勝追擊。

只要小方一退回木屋，他們的攻擊就立刻停止。看來他們只不過想要小方留在木屋裡，並不想取他的性命。

來的究竟是些什麼人？究竟想幹什麼？

二

天色更暗。

小方和「陽光」還是對面坐在那裡，樹蔭中的人已經看不見他們的臉色。

可是他們自己知道自己的臉色一定很不好看。

「陽光」忽然嘆了口氣。

「時候已經不早了，一天過得真快。」她問小方：「你還想不想出去？」

小方搖頭。

「陽光」站了起來：「那麼我們不如還是早點睡吧！」

「好。」小方道：「你睡床，我睡地板。」

「陽光」又盯著他看了半天：「我睡床，你也睡床。」

她的口氣很堅決，而且已經走了過去，把小方從椅子上拉了起來。

她的手冰冷，而且在發抖。

她是小方生死之交的未來妻子，暗中也不知有多少雙眼睛在看著他們。如果是別人，一定會避嫌，一定會堅持要睡在地上。

小方不是別人，小方就是小方。

「好。」他說：「你睡床，我也睡床。」

三

木屋裡只有一張床，很大的一張床。他們睡下去，還是好像什麼事都沒有發生過，他們還是在一個小而溫暖的木屋裡，門窗都是關著的，絕不會有人來侵犯騷擾他們。

可是他們心裡都知道，所有的事都已經不一樣了，他們的性命隨時都可能像酒杯一樣被擊碎，他們能活到什麼時候連他們自己都不知道。

「陽光」蜷曲在一床用大布縫成的薄被裡，他們的身子距離很遠，頭卻靠得很近，因爲他們都知道對方一定有很多話要說。

先開口的是「陽光」，她壓低聲音問小方：

「你受傷沒有？」

「沒有。」小方耳語：「因爲他們根本不想要我的命。」

「如果他們想呢？」

「那麼我現在已經是個死人了。」

小方從來都不會洩氣的，他既然這麼說，就表示他們已完全沒有機會。

「陽光」勉強笑了笑。

「不管怎麼樣，反正他們暫時還不會出手的，我們不妨先睡一下再說。」

「我們不能睡。」

「爲什麼？」

「因爲我們不能留在這裡。」小方道：「絕對不能。」

「你想衝出去？」

「我們一定要衝出去。」

「可是你已經試過。」陽光道：「你自己也知道我們的機會不多。」

「我們很可能連一成的機會都沒有。」

「那麼我們無非是送死！」

「就算要死，我們也得衝出去。」小方道：「就算要死，也不能死在這裡。」

「爲什麼？」

「因爲我們絕不能連累卜鷹。」

小方的口氣堅決：「他很可能還留在附近，這些人既不出手，又不放我們走，爲的就是要利用我們引誘卜鷹入伏，如果卜鷹還在附近，他會不會讓我們被困死在這裡？」

「陽光」沉默著，過了很久才輕輕的嘆了口氣：「他不會。」

小方盯著她，一個字一個字的問：「我們能不能讓他來？」

「陽光」沉默。

這問題又是個根本不必回答的問題，她凝視著小方，眼睛裡已經有了淚光。

她絕不會爲自己傷心，可是爲了一個寧死也不願朋友被傷害的人，她的心已碎了。

——小方不能死，絕不能死。

——可是卜鷹呢？

「陽光」閉上眼睛，過了很久很久，忽然伸出手，緊緊的抱住小方。

「如果你決心要這麼做，我們就這麼做。」她說：「不管你要到哪裡去，我都跟著你，你要下地獄，我也下地獄。」

四

夜色漸深。

小方靜靜的躺著，讓「陽光」緊緊的擁抱著他。

他沒有動，也沒有負疚的感覺，因爲他瞭解「陽光」的感情，也瞭解他自己的，他們雖然在擁抱，可是心裡想著的卻是另外一個人。

一個隨時都可以爲他們去死，也可以讓他們去死的人。

——卜鷹，你在哪裡？你知不知道他們對你的感情？

忽然間，一個人影自暗處中飛出，橫空飛過十餘丈，又忽然落下，「砰」的一聲，落在這個已經不存在的木屋裡，落在他們的床邊，一落下之後，居然就不再有動靜。

這個人是誰？來幹什麼的？難道他們的仇敵已決定不再等待，已決定要對他們出手？

「陽光」看著小方。

「我們好像有客人來了。」

「好像是的。」

「我們不理他行不行？」陽光故意問小方。

「爲什麼要不理他？」

「他連門都不敲就闖進來，連一點禮貌都沒有，這種人理他幹什麼？」

小方笑了。

就在他開始笑的時候，「陽光」的手已鬆開，他的身子已掠起，準備凌空下擊。

他沒有出手，因爲他已看清了這個人。

這屋子根本沒有門，就算有門，這個人也不會敲門的。

死人是不會敲門的。

這個人的頭顱已垂下，軟軟的掛在脖子上，就像是個被頑童拗斷了脖子的泥娃娃一樣，這裡雖然無燈無月，小方還是一眼就看出他是個死人。

——是誰拗斷了他的脖子？爲什麼要把他拋到這裡來？

小方的心跳忽然加快，他已經想到了一個人。

就在這時候，另外一個方向的暗林中，忽然也有一條人影飛出，橫空飛過十餘丈，「砰」的一聲，落在這個已經不存在的木屋裡，頭顱也同樣軟軟的掛在脖子上。

「陽光」一骨碌翻身躍起，一把握緊小方的手，兩個人的心都跳得很快，眼睛裡都發出了光。

暗林中已傳出冷笑。

「果然來了！」

「閣下既然已經來了，爲什麼不出來跟大家見見面？」

冷笑聲中，夾雜著衣袂帶風聲，木葉折斷聲，隱約還可以見到人影閃動。

遠處又有人輕叱：「在這裡！」

叱聲剛響，暗林中就有三條人影沖天飛起，向那邊撲了過去。

「陽光」和小方的心跳得更快，他們當然已猜出來那人是誰了。

暗林中人影兔起鶻落，全都往那個方向撲過去，衣袂帶風聲中夾雜著一聲聲叱吒。

「姓卜的，你還想往哪裡走？」

「你就留下命來吧！」

來的無疑是卜鷹。

他故意顯露身形，將暗林中的埋伏誘開，讓小方和「陽光」乘機脫逃。

「陽光」又在看著小方，不管什麼事，她都要小方作決定。

小方只說了一句話：

「他在哪裡，我就到哪裡去。」

「陽光」連一句話都不再說，兩個人同時移動身形，也往那個方向撲了過去。

繁星滿天，星光卻照不進茂密的樹葉間，樹葉雖然已枯黃，卻還沒有凋落。

他們還是看不見人，連遠處的呼喝聲，都已漸漸聽不見了。

四三　密林哭聲

一

這座樹林是在群山合抱的一個山谷盆地裡，山勢到了這裡突然低凹，地氣極暖燠，連風都是暖的，所以現在雖然已經是初冬，樹葉仍未凋落。

可是地上仍然有落葉，就像是一個人往往會因爲很多種原因要離開他的家一樣，葉子也往往會因爲很多種原因而離開它的枝。

小方沒有聽見落葉上有任何人的腳步聲，「陽光」也沒有。

他們只聽見了一種很奇怪的聲音。

他們忽然聽見一個人在哭。

每個人都會哭，出生時會哭，死時也會哭，在生與死之間，那個階段更常常會哭。

有些人只有在悲傷痛苦失意時才會哭，有些人在興奮激動歡樂時也會哭。

有人說，一個人在他一生中，最無法避免去聽的兩種聲音，除了笑聲外，就是哭聲。

所以哭聲絕不能算是一種奇怪的聲音。

可是在這種地方，這種時候，無論誰聽見有人在哭，都會覺得奇怪極了。

最奇怪的是，這個正在哭的人，又是個誰都想不到他會哭的人。

小方和「陽光」聽見哭聲的時候，已經看到了這個正在哭的人。

這個人赫然竟是胡大掌櫃。

他們看見他的時候，他正坐在一棵很高大的古樹下，哭得就像是個孩子。

如果他們沒有親眼看見，他們絕對想不到名震江湖的「三寶堂」主人居然會在這種地方，這種時候，坐在一棵樹下面像孩子一樣抱頭痛哭。

可是他們親眼看見了。

胡大掌櫃卻好像沒有看見他們。

他哭得真傷心，好像已經傷心得沒法子再去注意別人，可惜他們卻沒法子不去注意他。

他們都見過他，都認得他，都知道他是誰。

幸好他們可以假裝沒有注意他，假裝沒有見過他，他們決定就這樣從他面前走過去。

他們沒有走過去。

胡大掌櫃忽然從樹下一躍而起，擋住了他們的去路，臉上雖然還有淚痕，卻已經不再哭了，眼睛雖然還是紅紅的，卻已經發出了狡狐般的光。

他忽然問他們：「你們是不是人？」

小方看看「陽光」，「陽光」看看小方，故意問：「你是不是呢？」

「我是。」

「我也是。」

胡大掌櫃冷笑：「你們都是人，可是你們看見有人哭得這麼傷心，居然還能假裝沒看見？」

「陽光」也在冷笑。

「就算我們看見了又怎麼樣？難道你要我們也坐下來陪你哭？」她說得理直氣壯：「你在這裡哭，跟我們有什麼關係？」

「當然有關係。」胡大掌櫃居然也理直氣壯：「就是爲了你們，我才會哭的。」

「爲了我們？」小方忍不住問：「你怎麼會爲了我們哭？」

胡大掌櫃的樣子，看來更傷心。

「我這一輩子，只喜歡過一個女人。」他說：「我找了她很久，等我找到她的時候，她已經死了。」

「她怎麼死的？」

「被你們活活吊死的。」

胡大掌櫃道：「被你們吊在一棵樹上，活活吊死的。」

他狠狠的盯著小方：「我知道你姓方，叫做要命的小方，你想賴也賴不掉。」

小方已經有點明白了。

「你說的那個女人是不是柳分分？」

「是。」

「你真的以爲是我殺了她？」

「不是你是誰？」

小方嘆了口氣：「如果我說不是我，你當然一定不會相信的。」

他沒有再說下去。

他看得出胡大掌櫃已經決心要他的命，無論誰都已經應該能夠看出這一點。

——鳳凰展翅。

胡大掌櫃的雙臂已展起，姿勢神秘而怪異，雖然沒有人知道他的暗器是用什麼手法打出來的，但是每個人都知道，只要他的暗器一打出來，就沒有人能夠笑得出來了。

二

「陽光」忽然笑了出來，不但笑了出來，而且唱了起來。

她唱的就是那天她在乾枯的綠洲的沙丘後聽到的那首歌謠。

燕北有個三寶堂，
名氣說來響噹噹，
三寶堂，有三寶，
誰見誰遭殃，兩眼淚汪汪。

她的記憶力實在好極了，連一個字都沒有唱錯，而且唱得就像那小女孩一樣，她還沒有唱完，胡大掌櫃臉色已改變了。

「你是誰？」

「我就是我。」

「你怎麼會知道我是誰？」

「我怎麼會不知道，我不知道誰知道？」陽光甜笑：「其實你也應該知道我是誰的。」

「我應該知道？」

「你再仔細看看我是誰？」她笑得好像也有點像那梳著十七八條小辮子的小女孩了，只差手裡少了條雪白可愛的獅子狗。

胡大掌櫃吃驚的看著她，一步步向後退。

「你以為陰靈是誰？」陽光又道：「你真的以為是那個瓶子？還是那個……」

她的話還沒有說完，小方已拔劍。

小方的劍是「魔眼」。

自從卜鷹將這柄劍還給了他，他就沒有再讓這柄劍離開過他的手邊。

他拔劍的動作也像是別的那些成名劍客一樣，迅速正確而有力。

劍光一閃，胡大掌櫃就倒了下去，一倒下去，就不能動了。

「陽光」知道胡大掌櫃是個多疑的人，自從上次她在那乾涸的綠洲裡看見他上了那小女孩的當之後，她就知道了。

多疑的人雖然總是提防自己會上別人的當，卻偏偏又總是容易上當。

她相信小方一定也知道這一點，她相信小方一定會在最適宜的時機拔劍。

可是她想不到小方一劍就能得手。

小方自己好像也沒有想到，他的樣子看起來好像比她更驚訝。

「卜鷹！」小方忽然低呼：「卜鷹！」

他的聲音已因興奮而嘶啞：「我知道你在這裡，你爲什麼不出來？」

三

卜鷹怎麼會在這裡？

小方憑什麼認爲卜鷹會在這裡？

「陽光」很快就明白了，因爲她很快就看出胡大掌櫃是怎麼死的。

小方那一劍並沒有刺在他的致命要害上，就算刺在他的要害上，也不足致命。

因爲那一劍刺得並不深。

真正致命的傷口，是在胡大掌櫃的腰眼上，左腰後面的腰眼上。

從小方和「陽光」站著的地方，無論用什麼方法出手，都打不到他這個部位。

能夠打到他這個部位的人，一定是另外一個人，潛伏在一個他們看不見的地方，用一種他們看不見的武器，一擊致命。

——這個人是誰？除了卜鷹還有誰？

「卜鷹！」「陽光」的聲音也已因興奮而嘶啞：「你在哪裡？」

四四　門裡門外

她沒有聽見卜鷹的回答，卻看見了一扇門。

一

一棵大樹的根部，忽然露出了一扇門。

那當然不能算是一道真正的門，只能算一個洞，「陽光」認爲那是門，只因爲裡面真的有個人鑽了出來。

這個人雖然不是卜鷹，卻是他們的朋友。

「班察巴那！」「陽光」幾乎忍不住要大聲叫了出來：「是你！」

看見他，他們也同樣高興。

從來沒有人知道他什麼時候會出現，可是他每次出現時都同樣令人興奮。

「剛才出手的人是你？」

「是我。」班察巴那簡單的做了個手勢，一種在一瞬間就可以將人脖子拗斷的手勢，雖然非常簡單，卻絕對有效。

「卜鷹呢？」陽光又問。

「我沒有看見他。」班察巴那道：「我也正在找他。」

「你知道他在哪裡嗎？」

「不知道。」班察巴那說得也很有把握：「可是我知道他絕對沒有死。」

他的理由是：「因爲那些人也在找他，可見他們也知道他還沒有死。」他微笑：「無論誰要卜鷹的命都很不容易。」

「陽光」也笑了：「如果有人想要你的命，恐怕更不容易。」

她對班察巴那也同樣有信心。

無論在什麼時候，什麼地方，他都可以爲自己找到一個躲藏的地方。

一個別人絕對找不到的地方。

無論在什麼情況下，他都會先爲自己留下一條退路。

「他們都以爲你已經逃出了樹林，想不到你卻在這棵樹底下。」陽光嘆了口氣：「難怪卜鷹常說，如果你想躲起來，天下絕沒有任何人能找得到你。」

班察巴那微笑：「我也知道你還想說什麼。」

「我還想說什麼？」

「說我是條老狐狸。」

「你不是老狐狸。」陽光笑道：「兩百條老狐狸加起來也比不上你。」

二

剛才已聽不見的人聲，現在又彷彿退了回來。

班察巴那皺了皺眉。

「你們快躲進去。」他指著樹下的地洞：「這個洞絕對可以容納下你們兩個人。」

「你呢？」

「你們用不著替我擔心。」班察巴那道：「我有法子對付他們。」

「我相信。」

班察巴那道：「但是你們一定要等我回來之後才能出來。」

他已經準備走了，忽又轉過身：「我還要你們做一件事。」

「什麼事？」

「把你們的衣服和鞋子都脫下來給我。」

班察巴那沒有解釋他爲什麼要這樣做，「陽光」也沒有問。

她已經背轉過身，很快的脫下她藍色的外衣和靴子，如果班察巴那還要她脫下去，她也不會拒絕。

她不是那種扭扭捏捏的女人。

她相信班察巴那這樣做一定是有理由的。

小方也將外衣脫下。

「這樣夠不夠？」

「夠了。」班察巴那道：「只不過你還得把你的劍交給我。」

對一個學劍的人來說，世上只有兩樣東西是絕不能輕易交給別人的。

——他的劍，他的妻子。

可是小方毫不猶豫就將自己的劍交給了班察巴那，因爲他也和「陽光」一樣信任他。

班察巴那用力拍了拍小方的肩。

「你信任我，你是我的朋友。」直到此刻，他才把小方當作朋友：「我絕不會讓你失望的。」

三

這地洞的確可以容納下兩個人，只不過這兩個人如果還想保持距離，不去接觸到對方的身子，就不太容易了。

小方儘量把自己的身子往後縮。

他們身上雖然還穿著衣服，可是兩個人的衣服都已經很單薄。

一個像「陽光」這樣的女孩子，身上只穿著這麼樣一件單薄的衣服，兩個人的距離之近，就好像一個「雙黃蛋」裡的兩顆蛋黃。

只要稍微有一點想像力的人，都應該能想像到他們現在的情況。

小方只有儘量把身子往後縮，只可惜後面能夠讓他退縮的地方已不多。

地洞裡雖然潮濕陰暗，「陽光」的呼吸卻芬芳溫柔如春風。

對一個血氣方剛的年輕男人來說，這種情況實在有點要命。

「陽光」忽然笑了。

小方盯著她，忽然問：

「你笑什麼？」

「我喜歡笑，常常笑，可是你以前好像從來也沒有問過我在笑什麼。」

以前是以前。

「現在你爲什麼要問？」

「因為……」小方道：「因為我要提醒你一件事。」

「什麼事？」

「我是個男人。」小方的表情很嚴肅。

「我知道你是個男人。」

「天下所有的男人都差不多。」

「我知道。」

「所以你如果再笑一笑，我就……」

「你就怎麼樣？」陽光故意問小方：「是不是想打我的屁股？」

小方又盯著她看了半天，忽然也笑了。兩個人都笑了。

剛才好像已經不能忍受的事，在笑聲中忽然就變得可以忍受了。

人如果不會笑，這世界會變成什麼樣子？

班察巴那回來時，漫漫的黑夜已過去，這濃密的樹林又恢復了原來的光明和平寧靜。

「陽光」和小方的臉色也同樣明朗，因為他們沒有對不起別人，也沒有對不起自己。

班察巴那看看他們，忽然又用力拍了拍小方的肩。

「你果然是卜鷹的好朋友。」他說：「卜鷹果然沒有看錯你。」

他忽然笑了笑，笑的樣子彷彿很神秘，說的話也很奇怪。

他忽然對小方說：「只可惜你已經死了。」

「我已經死了？」小方忍不住問：「什麼時候死的？」

「剛才。」

「我怎麼死的？」小方問。

「從一個危崖上摔了下去，摔死的。」班察巴那說：「你的頭顱雖然已經像南瓜般摔碎，可是別人一定還能認得出你。」

「為什麼？」

「因為你身上還穿著他們看見過你在穿的衣服，手裡還拿著你的劍。」班察巴那道：「如果你沒有死，當然絕不肯將那麼樣一柄好劍交給別人。」

小方終於完全明白他的意思，他無疑已經替小方找了個替死的人。

「陽光」卻還要問：「我呢？」

「你當然也死了。」班察巴那道：「你們兩個人全都死了。」

「我們為什麼要死？」

「也許你們是為了卜鷹，也許你們是失足落下去的。」班察巴那道：「每個人都有很多種原因要死。」

他微笑：「說不定還有人會認爲你們是爲了怕私情被卜鷹發現，所以才自殺殉情的。」

「陽光」和小方也笑了。他們心裡毫無愧疚，他們之間絕對沒有私情，所以他們還能笑得出。

一個人如果隨時都能笑得出，也不是件容易事。

班察巴那又問小方：「你知不知道我爲什麼一定要你們死？」小方搖頭。

他本來就不是多話的人，近來更沉默，如果他知道別人也能回答同樣的一個問題，他寧願閉著嘴。班察巴那果然自己回答了這問題。

「因爲我要你們去做一件事。」他又解釋：「一件絕不能讓別人知道你們要去做的事，只有死人才不會被別人注意。」

他說的「別人」，當然就是他們的對頭。

「陽光」還是要問：「什麼事？」她問：「你要我們去做什麼事？」

「去找卜鷹。」

這件事就算他不要他們去做，他們也一樣會去做的。

班察巴那道：「我知道你們一定要報復，說不定現在就想去找衛天鵬，去找呂三。」

他們的確有這種想法。

「可是現在我們一定要忍耐。」班察巴那道：「不管我們要做什麼，都一定要等找到卜鷹再說。」人海茫茫，要找一個人，並不比大海撈針容易。

班察巴那說：「我已知道這件事並不容易，但是只要我們有信心，也不是做不到的。」

他忽然轉過身：「你們跟我來。」

他帶著他們找到一棵不知名的野樹，從靴筒裡拔出一把匕首，用匕首割開樹皮樹幹，過了片刻，樹幹中就有種乳白色的汁液流了出來。

班察巴那要小方和「陽光」用雙手接住，慢慢的，很均勻的抹在臉上和手上。

他們臉上的皮膚立刻就覺得很癢，然後就起了種很奇怪的變化。

他們的皮膚，忽然變黑了，而且起了皺紋，看起來就好像忽然老了十歲。

班察巴那又告訴小方：「我們的族人替這種樹起了個很特別的名字。」

「什麼名字？」

「光陰。」

「光陰？」

「我們的族人都叫這種樹爲光陰樹。」班察巴那道：「因爲光陰總是會使人變醜變老。」

他又說：「它的效用至少可以保持一年，一年之內，你們都會保持現在的樣子，大概不會有人能認出你們的本來面目。」他說的是「大概不會」，不是「絕對不會」。

「所以你們還是要特別注意。」班察巴那道：「所以我還是要替你們找別的掩護。」

「什麼掩護？」陽光問。

「現在你已經不是藍色的陽光，他也不是小方了。」

「我知道。」陽光說：「這兩個人現在都已經死了。」

「所以現在你們已經是另外兩個人。」

班察巴那道：「你們是一對夫妻，很貧窮的夫妻，一定要奔波勞苦才能生存。」

世界上本來就有很多像這樣的夫妻，爲了活下去，不得不日夜勞苦奔波不息。

「你們是做生意的，把藏邊的特產運到關內去販賣，博一點蠅頭微利。」班察巴那道：「因爲你們沒有父母子女，家裡也沒有別的人，也因爲你們夫妻感情不錯，所以你們不管到哪裡去，總是兩個人同行。」小方和「陽光」都在靜聽。

班察巴那又道：「你們當然請不起鏢師護送，爲了行路安全，你們只有加入商隊。」

「商隊？」小方不懂。

「商隊就是很多像你們這樣的人結伴同行的隊伍。」班察巴那解釋：「幾乎每個月都有這麼樣一隊人入關去。」他說：「我已經替你們找到了一個。」

班察巴那做事的周密仔細，實在令人不能不佩服。

「這個商隊並不大，大概有三四十個人。」他說：「領導這個隊伍的人叫『花不拉』，精明老練，對地形也極熟悉，少年時據說屬於韃靼的鐵騎兵，曾經遠征過突厥。」

「我們到哪裡去才能找得到他？」

「虎口集。」班察巴那道：「他們預定在虎口集合。」

他又補充：「你們到了那裡，先去找一個叫『大煙袋』的人，把你們的名字告訴他，再付二十五兩銀子的路費給他，他自然會帶你們去見花不拉。」

現在只剩下最後一個問題了。

「我們的名字叫什麼？」「陽光」問。

「你是藏人，名字叫美雅。」班察巴那說：「你的丈夫是漢人，名字叫做苗昌。」

他將他的雙手搭上他們的肩：「我希望你們在一年之內找到卜鷹。」

四五　旅途

一

在小方和「陽光」的想像中，「花不拉」當然應該是個高大粗壯公正嚴肅的人。

他們想錯了。

花不拉是個矮子，本來也許還不太矮，可是多年來馬鞍上的生活，使得他的兩條腿變得非常彎曲，看起來就像是個圓圈，走起路來總是搖搖晃晃的，樣子顯得很滑稽。

所以他總是坐在一張很高的椅子上，用一雙斜眼看人的時候，眼睛裡總是帶著種殘酷而譏嘲的表情，就像是個頑童在看著已經被他用繩子綁住的貓，又像是一隻貓在看著牠爪下的鼠。

幸好他還有一雙大手。

他的手又寬又大又粗又硬，擺在桌上時，就像是一把斧頭，一下子就可以把桌子砍成兩半。

也許就因爲這雙手，才使人不能不對他畏懼尊敬。

這個人另外有一個優點是，他很少說話，他要說的話都是由「大煙袋」替他說的。

小方和「陽光」看見花不拉的時候，已經有一對夫妻在他的客房裡了。

一對和小方他們一樣的夫妻，爲了要活下去，就不得不日夜勞苦奔波不息。

他們的年紀都已經不小了，丈夫至少已經有三四十歲，妻子也有二十七八，丈夫的臉上已經刻劃下風霜勞苦的痕跡，妻子總是低頭不敢看人。

丈夫把二十五兩銀子路費交出來的時候，妻子緊張得連指尖都在發抖，因爲他們這一生中從未付出過數目如此龐大的一筆銀子。

在他們眼中看來，這二十五兩銀子的價值絕對比呂三眼中的三十萬兩黃金還大得多。

小方第二天才知道他們的名字——丈夫的名字叫趙群，妻子姓胡，就叫做趙胡氏。

一個平凡規矩害羞的女人出嫁之後，就沒有名字了。

小方從未想到這一對平凡規矩的夫妻，竟是對他和「陽光」這一生影響最大的人，從某一方面說，甚至可以說是改變了他們的一生。

二

花不拉顯得很不耐煩。

對他來說，不管坐在什麼地方，都遠不及坐在馬鞍上舒服。

可是等到大煙袋替他問過小方和陽光幾個簡單的問題之後，叫他們回房去的時候，花不拉卻要他們等一等。

他忽然問小方：「你有沒有練過武？」

「沒有。」小方立刻回答：「雖然練過幾天莊家把式，也不能算練武。」

「你身上有沒有帶傢伙！」花不拉又問。

「沒有。」

「連一把刀都沒有帶？」

「沒有。」花不拉看著小方，眼睛裡忽然露出種曖昧而詭譎的笑意，忽然從身上抽出把匕首。

「你最好把這把傢伙帶在身上。」他將匕首交給小方：「你的老婆年紀還不算太大，我們這隊伍裡什麼樣的人都有，走在路上，能小心還是小心些好。」

「那個人不是好人。」

一回到房裡，「陽光」就悄悄的對小方說：「絕對不是好人。」

小方不能不承認，花不拉笑的時候的確有點不懷好意的樣子。

幸好「陽光」已經不是本來那個明朗美麗的藍色陽光了，連趙胡氏看起來都比她順眼得多。

那對夫妻就住在他們隔壁。

他們住的是一家最便宜的小客棧，房裡除了一張土炕和一群臭蟲外幾乎什麼都沒有。

二十五兩銀子路費中還包括食宿，他們當然不能要求太多。

何況炕總算還是熱的，在這種時候，能夠有張熱炕可睡已經很不錯了。

他們只希望能快點睡著。

他們都沒有睡著。

就在他們開始要睡的時候，隔壁房裡忽然響起種很奇怪的聲音。

開始的時候，他們還分不出那是什麼聲音。

但是聲音越來越大，而且持續得很久，兩間房又只隔著一層薄牆。

如果他們還是小孩子，也許還是分不出那是什麼聲音。

可惜他們已經不是小孩子了。

小方忽然覺得全身發熱。

他從未想到一個那麼規矩，那麼害羞的女人，在跟她的丈夫做那件事的時候，居然會發出這麼樣的聲音來。

這也許只不過因爲他們平日的生活太單調，忽然換了個新的環境，到了個陌生的地方，總是難免會放肆一點。

每個人都有無法控制自己的時候，可是有些人就算在這種時候也一定要控制自己。

小方閉著眼睛，全身上下連動都不敢動。

他希望「陽光」認爲他已睡著。

「陽光」也沒有動，她是不是也希望小方認爲她已睡著？

三

清晨，陽光滿地。

天還沒有亮小方就起來了，用一桶已經結了冰渣子的冷水沖了個冷水浴，沿著小客棧外的山坡上，跑了十七八個圈子。

他回來的時候，「陽光」已經收拾好行李，他看著陽光笑笑，陽光也看著他笑笑，誰也不知道對方昨天晚上睡著了沒有。

這一夜不管怎麼難捱，他們總算已經捱過去了。

那一對夫妻又恢復了那種又規矩又老實的樣子，害羞的妻子還是低著頭不敢見人。

小方和「陽光」也不敢去看她，生怕一看到她就會聯想到昨天晚上的聲音，就會忍不住要笑出來。

要命的是，他們四個人偏偏被分派到同一輛驢車上，車內又小又窄，四個人鼻子對鼻子，眼睛對眼睛，想不看都不行。

中午吃飯的時候，這對夫妻居然還把他們做的路菜分了一點給小方和「陽光」，除了辣椒炒肉乾之外，居然還有一點藏人最喜歡吃的「蔥泥」。

這種用聖母峰山麓上特產的野蔥、闊葉韭和紅蒜做成的「蔥泥」，對藏邊一帶的人來說，簡直就是無上的珍饈，是絕不肯輕易拿出來待客的。

這對夫妻好像特地爲了要補償小方和「陽光」昨天晚上損失的睡眠，特地來向他們致歉的。

小方卻只希望今天晚上投宿的時候，他們能安安靜靜的睡一宵。

小方又失望了。

這一夜他和「陽光」又被分配到他們的隔壁，又被整得很慘。

這對夫妻的精力遠比他們外表看起來旺盛得多。

如果小方和「陽光」也是對夫妻，這問題很容易就可以解決。

可惜他們不是。

他們從未想到這件事竟成爲他們這一路上最大的煩惱。更想不到這麼一個老實害羞的女人，一到晚上就變成了個要命的尤物。

到了第三天晚上，小方忽然拿出三粒骰子，對「陽光」說：「我們來擲骰子。」

「擲骰子？」陽光問：「你要跟我賭什麼？」

「誰輸了今天晚上就睡到外面的車子上去。」

輸的當然是小方，他在骰子上做了手腳，他情願睡在車上。

他睡著了。

四

「陽光」卻還是睡不著。

隔壁的聲音雖然已暫時靜下來，她卻想起了很多事，很多本來不該想的事。

就在這時候，她聽見有人在推門。

她的心跳立刻加快。

——是不是小方回來了？

不是。

來的是另外一個人，她看不清這個人的臉，可是只要看見那雙羅圈腿，就知道來的是誰了。

「陽光」跳起。

「你來幹什麼？」

「來陪你。」花不拉盯著她，眼中露出猙獰的笑意：「我知道你的老公不中用，特地來陪你。」

「陽光」抓緊被角。

「我不要你陪。」她真的很緊張：「你再不走我就要叫了！」

「你叫？叫誰？叫你的老公？」花不拉獰笑：「你就算把他叫來又有什麼用？」

他伸出一雙鐵斧般的手，抓起個茶杯，輕輕一捏，就捏得粉碎。

「你老公有沒有我這樣的功夫？」花不拉帶著獰笑問。

「陽光」只有搖頭。

現在他們只不過是一對平凡的夫妻，當然沒有這樣的功夫。

她絕不能暴露自己的身分。

可是花不拉已經一步步走過來，已經快走到她的床頭了。

「你敢叫，我就塞住你的嘴，你的老公來了，我就把他活活捏死。」

看來他已經決心不肯放過她了。

現在她已經不是藍色的陽光，現在她只不過是個又黑又醜的女人，花不拉怎麼會偏偏看上了她？

「陽光」又急又氣又奇怪，花不拉已經往她身上橫了過來，一雙大手已經伸出來準備撕她的衣服。

他沒有抓住她，卻抓住了個包袱。

「陽光」往床裡邊一讓，順手抓起包袱，用力擲過去。

她的衣服沒有被撕破，包袱卻被抓破了，一樣東西從包袱裡落下來，掉在地上。

花不拉臉上忽然露出種恐懼的表情，忽然轉身飛奔出去，就好像忽然見了鬼一樣，頭也不回，立刻就逃得蹤影不見。

四六 又是金手

一

「陽光」的心還在跳，手腳還是冰冷的。

——花不拉爲什麼會忽然逃走？他看見了什麼？

她想不通。

剛才從包袱裡掉下來的那樣東西還在地上，那個包袱是她今天早上親手包起來的，裡面絕沒有任何一件可以讓人一看見就怕得要逃走的東西。

門又被推開了，這次進來的總算不是別人，是小方。

他睡得並不熟，無論誰都沒法子在那種又冷又硬又透風的車子上睡得熟的。

他的耳朵一向很靈。

看見小方，「陽光」才鬆了口氣。

「你看看床下面是不是有樣東西？」她問小方。

小方只看了一眼，臉色也變了。

「陽光」更著急、更奇怪：「你看見了什麼？」

小方慢慢的俯下身，從床下撿起樣東西。

他撿起來的赫然竟是一隻手。

金手！

二

「這包袱真的是你今天早上親手包好的？」小方問「陽光」。

「絕對是。」

「那時候這隻金手在不在這個包袱裡？」

「不在。」「陽光」說得非常肯定：「絕對不在。」

「剛才你真的親眼看見它從包袱裡掉下來的？」

「我看得很清楚。」

「那麼這隻金手是怎麼會到你包袱裡去的？」

「我不知道。」

她真的不知道。這隻金手是「富貴神仙」呂三用來連絡號令群豪的信物，本來是絕對不可能在她包袱裡出現的。

但是現在這件不可能發生的事卻偏偏發生了。

長夜還未過去，隔壁的屋子居然已經安靜了很久。

小方忽然又問：

「今天有誰碰過這個包袱？」

「沒有。」陽光的口氣已經沒有剛才那麼肯定了：「好像沒有。」

「是好像沒有?還是絕對沒有？」

「陽光」在猶豫，這個問題她實在沒有把握能確定的回答。

她只記得這個包袱一直都是在她手邊的，幾乎沒有離開過她的視線。

——是「幾乎」，卻並不是「絕對」。

小方再問：「有沒有人能夠找個機會把這隻金手塞到你的包袱裡去？」

要在她身旁將這個包袱偷走也許不可能，但是要塞樣東西到她包袱裡去就是另外一回事了。

「陽光」立刻回答：「有。」她的眼睛忽然發光：「只有一個人。」

「誰？」

「陽光」指了指隔壁的屋子：「就是那個吵得我們整夜睡不著的女人。」

小方不說話了。

其實他早就想到了這一點，他們一路同車，現在已經可以算是朋友，在車上，那位胡氏總是坐在「陽光」旁邊，「陽光」總是忍不住要打瞌睡，趙胡氏要偷偷塞樣東西到她包袱裡去，絕不是件困難的事。

「也許班察巴那根本就沒有騙過呂三，我們的行蹤早已被發現。」「陽光」道：「所以他早就派出人來跟蹤我們。」

「你認爲那對夫妻就是呂三派來的人？」

「陽光」咬著嘴唇：「我早就對他們有點疑心了，一個正正經經的良家婦女，明明知道隔壁有人，晚上怎麼會像那樣鬼叫？」

她的臉好像已經有點紅了：「也許根本就是故意要吵得我們睡不著，讓我們白天沒精神，她才有機會下手。」

這雖然只不過是她的猜測，可是這種猜測並不是沒有道理。

唯一不太合理的是：「如果呂三真的已經查出我們的行蹤，爲什麼不索性殺了我們？」

「因爲他還想從我們身上找出卜鷹的下落，所以只有派人在暗中跟蹤，而且絕不能讓我們發現。」

「如果那對夫妻真是呂三派來暗中跟蹤我們的，爲什麼又把一隻金手塞在我們的包袱裡？」小方問：「他們這麼做豈非也暴露了自己的身分？」

「陽光」不說話了。

這一點她想不通，這件事其中的確有很多互相矛盾之處。

隔壁那間屋子本來已經安靜了很久，現在忽然又有了聲音。

——男人咳嗽的聲音、女人嘆氣的聲音、有人起床的聲音、開門的聲音，拖著鞋子在地上走動的聲音。那對夫妻中無疑有個人起床開門走了出去。

三更半夜，出去幹什麼？

小方把聲音壓得比剛才更低：「我去看看。」

「我也去。」「陽光」一下子就從床上跳起來：「這次你可不能再把我一個人留在屋裡。」

剛才的腳步聲好像是往廚房那邊去的，現在廚房裡已經應該有人了。

而且大灶還留著火種，灶上還溫著一大鍋水。

小方和「陽光」悄悄的跟過去，果然看見有個人在廚房裡。

人。

三

所有的燈光都已熄滅，這種最廉價的小客棧，是絕不肯浪費一點燈油的，更不會有巡夜的人。

可是天上還有星光，灶裡仍有餘火，他們還是可以看得見這個人就是那位趙胡氏。

趙胡氏正在舀水，把大鍋的熱水，一勺勺舀入一個木桶裡。

她身上雖然披著她丈夫的大棉袍，看起來卻還是像很冷的樣子，好像除了這件棉袍之外，她身上就連一寸布都沒有了。

小方的心跳忽然加快，因爲他已經證實了這一點。

棉袍下面果然是空的。

她剛把滿滿的一勺水舀起來，忽然一個不小心，把木勺裡的水打翻了，濺在棉袍上，她趕緊放下木勺，提起棉袍來抖水，於是她棉袍下面赤裸的就像是初生嬰兒一樣的身子就露了出來。

她的身子看起來當然絕不像是個初生的嬰兒。她的皮膚雪白，腰肢纖細，雙腿修長結實。

小方見過各式各樣的女人，卻從未見過如此誘人的胴體。

在這一瞬間，他的心幾乎要從胸膛裡跳了出來。

幸好這時候趙胡氏已經打好了水，提著水桶走了。

小方和「陽光」躲在牆角後，看著她走遠，才長長吐出一口氣。

「陽光」忽然問他：「你看見了沒有？」

「看見了什麼？」小方故意裝糊塗。

「陽光」忍不住要笑：「你自己應該知道看見了什麼，你看得比我清楚得多。」

碰到這種事時，男人的眼睛總是要比女人尖得多。

小方只有承認。

「陽光」笑了笑：「你當然也看過她的臉和手。」

「嗯！」

「你看她臉上和手上的皮膚像什麼？」

「像橘子皮。」小方形容得雖然不太好，可是也不算太離譜。

「她身上的皮膚呢？」陽光又問。

她知道小方大概是不肯回答這問題，所以自己接著說：「她身上的皮膚簡直就像是假的，像羊奶，我從來也沒有看過皮膚像她這麼好的女人。」

這一點小方也不得不承認。

可是一個女人身上和臉上的皮膚是絕不應該有這麼大差別的。

「你有沒有見過這樣的女人？」

「沒有，除非……」

「陽光」替小方接下去說：「除非她跟我一樣，也用一種像『光陰樹汁』那樣的藥物，把自己的臉和手都改變了。」

這無疑是唯一的合理解釋。

這對夫妻易容改扮，參加這商隊，當然是爲了要跟蹤小方和「陽光」。就算這件事之中還有些無法解釋的事，這一點也是毫無疑問的了。

「陽光」又問小方：「現在我們應該怎麼辦？」

「我也不知道。」小方沉吟：「看樣子我們好像只有裝糊塗，只有等。」

「等什麼？」

「等著看他們的動靜，等他們自己先沉不住氣，等機會出手。」

這無疑也是他們唯一的法子。

因爲他們不能走。

他們的行蹤既然已敗露，無論走到什麼地方都是一樣的。

只可惜等的滋味實在很不好受。

第二天還是和前一天一樣，太陽還是從東方昇起，隊伍還是很早就啓程。

不同的是，每天早上都要高踞在馬鞍上將隊伍巡視一遍的花不拉，今天卻因爲「身體不適」而沒有露面，代替他領隊的當然是「大煙袋」。

小方和「陽光」還是和趙群夫妻同車，丈夫還是那麼規矩老實，妻子還是那麼靦腆害羞，總是不敢抬起頭來見人。

「陽光」和小方當然也裝得好像什麼都沒有看見，什麼事都不知道一樣。

小方甚至連看都不敢再去多看那位趙胡氏，因爲只要一看她，就忍不住會想到昨天晚上在那昏暗的廚房裡，閃動的灶火前的那一幕，就忍不住會想到那纖細的腰肢，雪白修長的腿。

那種幽秘邪艷，充滿了情慾挑逗的景象，叫一個男人不去想它，無疑是非常困難的。

幸好等到中午打尖過後，「大煙袋」就要他們換到另外一輛車子上去了，車行次序，好像也有了很大的調動。

每輛車上還是坐四個人，這次來跟小方同車的是一對父子，父親蒼老疲倦，兒子臉上也有病容，父子兩人都同樣沉默。

小方看看「陽光」，「陽光」看看小方，兩個人心裡都明白，要想平平安安走完這一天的路，已經不太容易了。

午時過後隊伍就進入山區。

山路彎曲險峻，起伏的山丘連綿不絕的向遠方伸展，最後才消失在天邊的艷紅與金黃裡。接近路邊的山腳下，佈滿豆大的黑色岩石，一座巍峨的黑色大山，就像是神話中的大鵬般凌空俯視著人群，給人一種無法形容的巨大壓力。

小方和「陽光」坐得更近了些。

如果有人要在半路伏擊，將他們擊殺在路途中，這無疑是最好的地點。

他們不想在搏擊中失敗，他們的身子靠得很緊，心裡都已有了準備。

就在這時，他們聽見了「格」的一聲響，看見了一個車輪向前飛滾出去，撞上了路旁的黑色岩石，撞得粉碎。

就在這同一刹那間，小方已拉著「陽光」躍出了車廂。

拉車的馬還在驚嘶掙扎，車輛還在不停向前進，卻已經只剩下三個車輪了。

左面的後輪車軸已斷，前面的車馬隊伍已不見蹤影。

群山後的艷紅與金黃已漸漸變爲一種雖然更艷麗，卻顯得無限悲愴的暗赤色。

黃昏已將盡，黑夜已將臨。

那父子兩個人居然還留在車廂裡，也不知是不是已經暈了過去，還是想留在車廂裡等著對他們伏擊。

「陽光」道：「你去看看，看看是怎麼回事？」

小方沒有去看車廂裡的人，只去看了那根會突然折斷的車軸。

車軸斷得很整齊，只要略有經驗的人，都可以看出它是已經先被人鋸斷了一半。

小方當然也看得出來。

「來了。」他長吐出口氣：「總算來了。」

「是他們？」

「是。」

「陽光」也長長吐出口氣：「不管怎麼樣，他們總算沒有讓我們等得太久。」

車廂裡的父子兩個人還是全無動靜，就算他們是想等機會在車廂中暗算伏擊，現在也應該是時候了。

小方冷笑道：「兩位爲什麼還不出來？」

他輕踢車門一下：「兩位爲什麼還不出手？」

車廂中仍然沒有反應，險峻曲折的山路兩端也仍然不見人影。

小方忽然踢起一腳，踢碎了用木條草蓆搭起的簡陋車廂。

那父子兩個人當然還在裡面，兩個人手裡都握著用黃銅打成的機簧暗器筒。

奇怪的是，筒中的暗器並沒有發出來，父子兩人的身子竟已僵硬，臉色已發黑，四隻眼睛凸出如死魚，眼裡充滿驚嚇恐懼。

這兩人果然是對方特地埋伏在車裡等著對付他們的殺手，等著在車身傾覆那一瞬間出手。

那時無疑是最好的機會。

可是現在兩個人都已經死了，就在他們準備出手時就已經死了。

他們是怎麼會死的？

這問題唯一的答案是——

「陽光」已經看出了他們的陰謀，所以先發制人，先下了毒手。

小方看著「陽光」，輕輕嘆了口氣。

「你真行。」他說：「你出手實在比我想像中快得多。」

「你說什麼？」陽光好像不懂。

小方道：「因爲我們還不能證明他們真的是對方的人，萬一殺錯了人怎麼辦？」

「陽光」看著他，顯得很吃驚：「你以爲是我殺了他們？」

四七 兒須成名・酒須醉

「難道不是？」

「當然不是。」陽光說：「我本來還以爲是你。」

小方更吃驚。

他自己當然知道這兩個人絕不是死在他的手裡的。

「陽光」又問：「不是你？」

「不是。」

「如果不是你，也不是我，究竟是誰呢？」

這問題就不是他們所能答覆的了。

死人的臉色已發黑，看來好像是中了毒——是誰下的毒？什麼時候下的毒？爲什麼要毒死他們？是不是爲了幫小方和「陽光」解除這一次危機？這隊伍裡怎麼會有他們的幫手？

這些問題，當然也不是他們所能答覆的。

小方和「陽光」正在驚異，路旁的黑石後已出現了四、五十個人。

四、五十個帶著箭的人。

各式各樣的人，有漢人、有藏人、有苗人，帶著各式各樣的箭，有長弓大箭、有機簧硬弩，還有苗人獵獸用的吹箭。

誰也沒法子一眼就能將這些箭的種類分辨出來；但是無論誰都可以看得出每種箭都能致人死命！

這裡是山路最險的一環。如果有人一聲令下，亂箭齊發，縱然是卜鷹那樣的絕頂高手，也很難闖得過去。

小方的心往下沉。

他看得出這一點，這一次他和「陽光」的機會實在不大。

四山沉寂，黑石無聲，箭無聲，人也無聲。他們好像也在等，等什麼？

這問題答案小方很快就知道了。

——他們是在等花不拉。

小方已經看見了花不拉。

花不拉高踞在最高的一塊岩石上，用那雙充滿譏誚的眼睛冷冷的看著他們——就像是一隻貓看著爪下的鼠。

他也知道這次他們是絕對逃不了的。

小方苦笑。

他從未想到花不拉也是呂三屬下的人。「班察巴那」做事一向精密謹慎，怎麼會在還沒有查出這個人的身分時，就把他們送到他的隊伍去？

花不拉忽然開口：「現在你還有什麼話說？」

「沒有了。」

「那麼你們就不如乖乖的跟我回家去吧。」

「回家？」小方忍不住問：「回誰的家？」

「當然是你們自己的家。」

花不拉得意的笑：「現在你們總算知道，出外寸步難，還是回家的好。」

小方更驚訝。

他根本聽不懂花不拉在說什麼？他們現在根本已經沒有家。

小方不懂，「陽光」也不懂。兩個人都不知道應該怎麼回答，只有保持沉默。

有時「沉默」就是「默認」，就是「答應」。所以花不拉笑得很愉快。

「我知道你們一定不會不聽話的，只不過我這人做事一向特別小心，對你們有一點不太放心。」

花不拉故意想了想，才接著道：「如果你們肯先用繩子把自己的手腳綁起來，打上三個死結，那我就放心了。」

他又強調：「一定要打死結。我的眼睛特別好，你們瞞不過我的。」

「然後呢？」小方故意問。

花不拉忽然沉下臉：「如果我數到三你們還不動手，我就只好把你們的死屍送回去了。」

花不拉真的立刻就開始在數。

他雖然板著臉，眼裡卻充滿了那種殘酷而譏誚的笑容。

小方看得出他並不是真的想要他們自己動手，更不是真的想把他好好的送走。

他這麼樣說，只不過是要對某一個人做某種交代而已。

其實他心裡真正希望的是看著亂箭齊發，血肉橫飛；看著一根根各式各樣的弩箭打進他們的面目血肉骨節裡，再把他們的死屍送回去。

他數得很慢，因爲他知道他們絕不肯自己把自己的手腳綁起來的。

「一，二……」

只聽到「二」字，便已聽到「格」的一聲響，已經有一排弩箭射了出來。

一排連環弩，三枝箭同時發出，打的竟不是「陽光」和小方。

「叮」的一聲，三枝箭同時打在對面的岩石上，火星四濺。

一個人忽然從半空中落下，跌在山路上，頭顱被摔得粉碎，卻沒有發出慘呼聲，因爲他跌下來之前就已經死了。

慘呼聲是在跌下之後發出來的，是別人發出的。

岩石上忽然閃起了一道雪亮的劍光。

劍光飛動如閃電，慘呼聲連綿不絕，埋伏在岩石上的箭手一個接著一個倒下。

「陽光」失聲而呼：「班察巴那！」

來救他們的當然是班察巴那，除了班察巴那還有誰？

花不拉臉色慘變，小方已如風鷹般撲了上去，花不拉大喝一聲，用巨斧的大手，抽出一條沉重的鐵鞭，挾帶勁風揮下。

小方只得暫時後退閃避，花不拉掌中鐵鞭連環飛舞，不但佔盡地利也搶了先機。岩石上的箭手還沒有死光，還有弩箭射出，「陽光」好像中了一箭。

小方第四次往上撲時，花不拉手裡飛舞的鐵鞭忽然垂下，就像條死蛇般垂下。

花不拉的臉忽然扭曲，發亮的眼睛忽然變成死灰色，也像是條毒蛇忽然被人斬斷了七寸。

他垂下頭，看著自己的胸膛，死灰色的眼睛裡充滿恐懼驚訝。

小方也在看著他的胸膛，眼中同樣的充滿驚訝，因爲他的胸膛裡竟忽然有樣東西穿了出來。

一樣發亮的東西，一截發亮的劍尖。

一柄劍從他背後刺入，前胸穿出，一劍穿透了他的心臟。

劍尖還在滴血時就已抽出。

花不拉倒下。

一個人站在花不拉身後，手裡提著一柄劍，一柄那剛才在片刻間刺殺數十箭手的劍，也就是一劍穿透花不拉心臟的劍。

這個人竟不是班察巴那！他手裡提著劍，竟赫然是小方的魔眼！

他手裡怎麼會有小方的「魔眼」？

這個人是誰？

除了班察巴那外，還有誰會來救小方和「陽光」？

卜鷹？

是不是卜鷹終於出現了？

還沒有看清這個人的臉時，小方的確這麼樣想過。這想法使他激動得全身都在顫抖。

可惜他又想錯了。

這個人既不是班察巴那，也不是卜鷹，而是個他從未想到會來救他們的人。

這個人赫然竟是趙群。那個規規矩矩老老實實，連付出二十五兩銀子來時，一雙手都會緊張得發抖的人。

現在他的手卻比磐石還穩定。

他的手裡握著劍，握著的是小方的「魔眼」。

魔眼閃動著神秘而妖異的寒光，他的眼睛裡也在閃著光。

現在他已經不再是那個規矩老實的人了，他身上散發出的殺氣甚至比魔眼的劍氣更可怕。

「你究竟是誰？」小方問。

「是個殺人的人，也是個救人的人。」

趙群道：「殺的是別人，救的是你。」

「你爲什麼要來救我？」

「因爲他們要殺的並不是你。」趙群道：「因爲你本來就不該死的。」

小方又問：「他們要殺的是誰？」

「是我。」

趙群的回答令人不能不驚訝：「他們本來要殺的人就是我。」

小方怔住。

他還有很多問題想問，但是趙群已轉過身。

「你跟我來。」

他說：「我帶你喝酒去，我知道附近有個地方的酒很不錯。」

小方雖然也覺得很需要喝一杯：「但是現在好像還不到應該喝酒的時候。」

「現在已經到時候了。」

「爲什麼？」

「因爲你有話要問我，我也有話要說。」

趙群道：「但是我有很多話，都要等到喝了酒之後才能說得出。」

轉過前面的山坳，谷地裡有個小小的山村，山民淳樸溫厚。可是他們用麥稈釀的酒喝到嘴裡時卻像是一團烈火。

他們喝酒的地方並不是牧童可以遙指的杏花村，只不過是個貧苦的樵戶人家而已。

如果有過路的旅人來買酒喝，他們的孩子在過年時就可以穿上條新棉褲了。

主人用一雙滿生老繭的手捧出個瓦罐。用小方聽不懂的語言對趙群說了些話，就帶著妻兒走了，將三間小小的石屋留給他們的貴客。

小方忍不住問：「剛才，他在說些什麼？」

「他說這種酒叫『斧頭』，只有男子漢才能喝。」

趙群微笑道：「他說他看得出我們是男子漢，所以才拿這種酒給我們喝。」

他帶著笑問小方：「你明白他的意思了麼？」

小方明白：「他這麼說，大概是希望我們付錢時也像個男子漢。」

屋子的四壁都是用石塊砌成的。一個很大很大的石頭火爐上燒著一鍋兔肉，一大塊木柴正在燒得劈叭發響，屋子裡充滿了肉香和松香。

女人不在這間屋子裡。

「陽光」中了箭，中箭的地方是在男人不能看見的地方。

趙胡氏帶她到後面一間小屋裡，用男人喝的烈酒替她洗滌傷口，疼得她全身都被冷汗濕透。但是她並沒有漏掉外面那間屋裡的男人們說的每一句話。

三碗「斧頭」下肚，酒意已衝上頭頂。

先開口的是小方，他問趙群：「你說他們本來要殺的是你？」

「是。」

「你知道他們是誰？」

「有些是呂三的人。」

趙群立刻回答：「花不拉也收了呂三的銀子，所以今天一早就去報訊，帶了呂三的人來。」

「來殺你？」

小方問：「爲什麼要來救我？」

趙群回答得非常輕鬆。無論誰喝了這種酒之後說話都不會再有顧忌。

「因爲我本來也是他的人，而且是他非常信任的一個人。」

趙群道：「但是我卻帶著他最寵愛的一個女人私奔了。」

小方終於漸漸明白。

「那個女人」，自然就是趙胡氏。她本來就是個少見的尤物，小方隨時都可以想像得出很多呂三爲什麼捨不得放她走的理由來。

趙群肯不顧一切冒險帶她私奔，理由也同樣充份。小方相信有很多男人都會爲她這麼做的。

何況他們本來就比較相配，至少比她跟呂三相配得多。

這一點小方可以原諒他們。

趙群看著他，眼中卻有歉意：「我本來並不想連累你們的。」

他說得很誠懇：「但是我知道呂三已經買通花不拉，已經懷疑我們很可能混在這個商隊裡。」

「所以你就故意將那隻金手塞進我們的包袱裡，讓花不拉懷疑我們？」

趙群道：「可是我並不是想害你。」

「不是？」

「我這麼做，只不過想轉移他們的目標，讓他們集中力量對付你們。」

趙群道：「這樣我才有比較好的機會出手。」

這一點小方也不能不承認，趙群這種做法的確很聰明。

趙群又解釋：「從一開始我就不想讓你們受害，所以我們才會替你殺了錢通和錢明。」

「錢通？錢明？」

小方問：「他們就是今天下午跟我們同車的那對父子？」

「是的。」

趙群又道：「他們都是三寶堂屬下的人。父子兩人都精通於暗器，而且是毒藥暗器，所以，我們也用同樣的方法對付他們。」

「同樣的方法？」

小方問：「下毒？」

「以牙還牙，以毒攻毒。」

趙群說道：「就因爲他們是這種人，所以蘇蘇才出手。」

「蘇蘇」當然就是趙胡氏。小方從未想到下毒的竟是她。

能夠讓兩個精於毒藥暗器的老江湖，在不知不覺間中毒而死，那絕不是件容易事。

「她是什麼時候下的毒？」

小方又問：「用的是什麼法子？」

「就是在中午我們跟他們換車的時候。」

趙群道：「我們也分了一點路菜給他們，看著他們吃了下去。」

他微笑：「我們所準備的路菜有很多種。」

毒就在路菜裡。錢通父子在中午時就已吃了有毒的路菜，直到黃昏前毒性才發作。

「她早已算好了他們一定要等到入山之後才出手，所以也早就算好毒性發作的時刻。」

小方忍不住輕輕嘆息道：「她算得真準。」

「在這方面，她的確可以算是高手。」

趙群的聲音裡充滿驕傲：「其實無論在哪一方面，她都可以算是高手。」

他爲他的女人感到驕傲，她也的確是個值得別人爲她驕傲的女人。

可是一個男人有了這麼樣一個女人，是不是真的幸福？

小方希望他們能得到幸福。

這世界上悲慘的事已夠多了。何況他們都是很善良的人，在這種情況下仍不願別人受到傷害。

小方很想問他們，知不知道他是誰？

他沒有問。

他的「魔眼」就懸掛在趙群的腰畔，他也沒有問趙群是從哪裡得來的。

他甚至連看都沒有去看一眼。

多年前他得到這柄劍時，他也像其他那些學劍的少年一樣，將這柄劍看得比初戀的情人更珍貴，甚至還想在劍柄上刻字為銘。

「劍在人在，劍亡人亡。」

可是現在他的心情已變了。他已經漸漸發現，生命中還有許許多多更重要的事，遠比一柄劍更值得珍惜。

他已不再是「為賦新詞強說愁」的少年，也已不再有「相逢先問有仇無」的豪情。

他只希望能找到卜鷹，只希望能做一個恩仇了了，問心無愧的平凡人。

他的鬢邊雖然還沒有白髮，可是心境已微迫中年了。

趙群的眼中已有酒意，卻還是一直眼光灼灼的盯著小方：「我知道你本來的名字一定不是苗昌，就好像你一定也知道我本來絕不叫趙群。」

他說：「可是我一直沒有問你是誰。」

多。」

「我也沒有問。」

小方淡淡的說：「我們天涯淪落，萍水相逢，到明日就要各分東西，彼此又何必知道得太多。」

「這是不是因為你心裡也有很多不願別人知道的隱痛和秘密？」

小方拒絕回答這問題。

趙群忽然嘆了口氣：「其實我也知道你說的不錯，有些事還是不知道的好。」

他嘆息著道：「只可惜我已隱約有一點知道了。」

「哦？」

「他們在那山道上對你突擊，逼著要你回家去的時候，你就應該想到他們是找錯人了。」

趙群問：「你為什麼不對他們說？」

他替小方回答了這問題：「你不說，只因為你也是他們要找的人。」

小方沉默。

杯中仍有酒，趙群喝乾了杯中酒，慢慢的放下酒杯，忽然拔劍。

劍光森寒，那一隻「魔眼」彷彿不停的在眨動，彷彿已認出了它的舊主人。

趙群輕撫劍鋒。

「你也練劍？」

他凝視著掌中劍：「你應該看得出這是柄好劍。」

「是好劍。」

「不但是好劍，而且是名劍。」

趙群道：「它的名字叫魔眼。」

「哦？」

「這柄劍本來不是我的，五天前還不是。」

趙群忽然又抬頭，盯著小方：「你爲什麼不問我，這柄劍是怎麼得來的？」

小方就問：「這柄劍是怎麼得來的？」

「是從一個死人身上得來的。」

趙群道：「那個死人就是劍的舊主，姓方，是呂三的死敵。我也是呂三派去圍捕他的那些人裡的其中之一。」

他慢慢的接著道：「那時我已跟蘇蘇商議好，乘那次行動的機會，脫離呂三。所以我就帶走了這柄劍。」

小方靜靜的聽著，完全沒有反應，這件事好像跟他全無關係。

趙群卻還是盯著他，一雙本來已有血絲的醉眼彷彿忽然變得很清醒，忽然問小方：「你想不想要我把這柄劍還給你？」

「還給我？」

小方反問：「爲什麼要還給我？」

「因爲我知道這柄劍的舊主人小方還沒有死。」

趙群道：「跌死在危崖下的那個人並不是小方。」

「哦？」

「因爲那個人的手上並沒有練過劍的痕跡。」

趙群道：「不但我看出了這一點，別人也看出來了。」

「哦？」

趙群忽然揮劍，用劍鋒逼住小方的咽喉，一字字道：「你就是小方，我知道你一定就是小方！」

劍鋒就在喉結前一寸，劍氣刺入毛孔如尖針。

小方卻還是沒有反應。

他臉上的肌膚已被「光陰」侵蝕，本來就看不出有什麼表情。

但是他連眼睛都沒有眨。

趙群忽然大笑：「果然是好漢。」

他的手腕一翻，劍鋒回轉，「嗆」的一聲，劍已入鞘。

然後他就從腰畔摘下了這柄利劍的鞘，用雙手送到小方面前。

「不管你是小方也好，不是小方也好，我都把這柄劍送給你。」

「爲什麼？」小方終於問。

「因爲你是條好漢。」

趙群道：「只有像你這樣的英雄好漢，才配用這把劍。」

他的態度真誠坦率。他是真心要把這柄劍送給小方，小方卻沒有伸手去接。

雖然他已經被這個人的義氣所感動，卻還是不肯伸手。

「不管我是小方也好，不是小方也好，都不能要你這柄劍。」

「爲什麼？」

小方的理由很絕。

「因爲我若是小方，我一定會把這柄劍送給你的，就算你還給了我，我也一樣會送給你。」

他說：「我們又何必送來送去？」

「你若不是小方呢？」

小方笑了笑：「我若不是小方，我憑什麼要你送我這麼樣一柄利器？」

趙群也笑了笑：「你真是個怪人，怪得要命。」

他放下掌中劍，舉起杯中酒：「我敬你。」

小方還沒有舉杯，臉色忽然變了。

剛才劍鋒已在他咽喉，他連眼睛都沒有眨。

可是現在他連那張被「光陰」侵蝕的臉都已扭曲變形。就好像有一柄雖然看不見，卻比「魔眼」更鋒利的利劍，已刺入了他的咽喉，刺入他的心臟裡。

因爲他忽然聽見了一陣歌聲，一陣他已不知聽過多少遍的歌聲。

兒須成名，
酒須醉。
酒後傾訴，
是心言。

歌聲中充滿了一種無可奈何的男子漢的悲愴，卻又充滿了令人血脈僨張的豪氣。在這遠離紅塵的山村裡，在這酒已微醉的寒夜中，聽來是什麼滋味？

小方忽然拋下酒杯躍起，箭一般衝了出去。

不管是在什麼時候，什麼地方，不管他在幹什麼，只要他聽見這歌聲，他都會拋開一切衝出去的。

荒寒的山谷，寂寞的山村，用石塊砌成的形狀古樸的屋子，只有二、三十戶。燈火都已熄滅，遠處的山坡上，卻彷彿有火光在閃動。

歌聲就是從那邊山坡上傳來的。

山坡上有一塊巨大的岩石，岩石上生著一堆火。

乾燥的松木在火燄中劈叭發響，配合著悲愴的歌聲，就好像是一個人心碎時的聲音。

一個人獨坐在火堆旁，手裡的羊皮袋酒已將空，歌聲也漸漸消沉。

看見這堆火，看見這個人，小方的心也變得就像是火燄中的松木。

人猶未醉，酒已將盡，漫漫長夜，如何渡過？

小方已有多年未流淚。在這一瞬間，他眼中的熱淚卻已幾乎忍不住要奪眶而出。

「陽光」也追了上來，緊握住他的手。

「是他？」她的聲音顫抖：「真的是他？」

四八　找的不是你

歌聲忽然停頓。

火堆旁的歌者忽然用與歌聲同樣悲愴的聲音說：「不是他，是我。」

歌者已回過頭。閃動的火光照亮了他的臉，尖削的臉，尖削的眼，臉上佈滿歲月風霜和痛苦經驗留下的痕跡，眼中也充滿痛苦。

「你們要找的是他，不是我。」

小方的心沉了下去。

同樣悲愴的歌聲，卻不是同樣的人。不是卜鷹，不是。

「你知道我們要找的是他不是你？」

「陽光」大聲問：「你怎麼知道的？」

「我知道。」

「你也知道他是誰？」

歌者慢慢的點了點頭，喝乾了羊皮袋的酒。

「我知道。」他說：「我當然知道他是誰。我到這裡來，就是他要我來的。」

「陽光」眼中又有了光，心裡又有了希望：「他要你來幹什麼？」

歌者沒有回答這問題，卻從貼身的衣袋裡取出個小小的錦囊。

錦囊上繡的是一隻鷹，用金色的絲繡在藍色的緞子上。

錦囊裡裝的是一粒明珠。

歌者反問「陽光」：「你還記不記得這是什麼？」

「陽光」當然記得。

縱然滄海已枯，大地已沉，日月無光，她也絕不會忘記。

這錦囊就是她親手縫成的。就是她和卜鷹訂親時的文定之禮，現在怎麼會到了別人手裡？

歌者告訴「陽光」。

「這是他交給我的。」他說：「親手交給我的。」

「他為什麼要交給你？」

「因為他要我替他把這樣東西還給你。」

歌者的聲音中也帶著痛苦：「他說他本來應該親手還給你的，但是他已不願再見你。」

「陽光」慢慢的伸出手，接過錦囊和明珠。

她的手在抖，抖得可怕，抖得連小小一個錦囊都拿不住了。

錦囊掉下去，明珠也掉了下去，掉入火堆裡。

火堆裡立刻閃起了一陣淡藍色的火燄，錦囊和明珠都已化做了無情的火燄。

「陽光」的人已倒了下去。

小方扶起了她，厲聲問歌者：「他說他不願見她，真是他說的？」

「他還說了另外一句話。」

「什麼話？」小方問。

「他說他也不願再見你。」

歌者冷冷的回答：「你已經不是他的朋友。從此以後，他和你們之間已完全沒有關係。」

小方嘶聲問：「爲什麼？」

「你自己應該知道爲什麼。」

歌者冷笑反問：「你自己願不願意跟一個天天抱住你妻子睡覺的人交朋友？」

這句話就像是一根針，一把刀，一條鞭子。就像是一柄密佈狼牙的鋼鋸。

「陽光」跳起來。

「我不信，我死也不信他會說出這樣的話。」

她跳過去，用力揪住歌者的衣襟：「一定是你殺了他，再用這種話來欺騙我。」

歌者冷冷的看著她。

「我爲什麼要騙你？如果不是他告訴我的，你們的事我怎麼會知道？」

「陽光」雖然不能辯，卻還是不肯放過這個人。

「不管怎麼樣，我一定要聽他自己親口告訴我，我才相信。」

她的聲音已嘶啞：「你一定知道他在哪裡，一定要告訴我。」

「好，我告訴你。」歌者說。

他居然這麼痛快就答應了，小方和「陽光」反而很驚奇。

但是他又接著說：「雖然我不能告訴你他在什麼地方，但我卻可以告訴你一件事。」

「什麼事？」

歌者的目光遙望遠方，眼裡帶著種沒有人能瞭解的表情。

「十三年前，我就已經應該死了，死得很慘。」

他說：「我還沒有死，只因爲卜鷹救了我。不但救了我的命，也救了我的名聲。」

在某些人眼中看來，名聲有時候比生命更可貴，更重要。

這個神秘的歌者就是這種人。

「所以我這條命已經是他的。」

歌者說：「所以我隨時都可以爲他死。」

他忽然笑了笑。現在絕對不是應該笑的時候，他卻笑了笑：「我早就知道你們一定會逼我說出他的下落。除了你們之外，一定還有很多人會逼我，幸好我也已經有法子讓你們逼不出來。」

小方忽然大喊：「我相信你的話，我絕不逼你！」

歌者又對小方笑了笑，這個笑容就一直留在他臉上了，永遠都留在他臉上了。

因爲他的臉已突然僵硬，臉上每一寸肌肉都已僵硬。

因爲他的袖中藏著一把刀，一把又薄又利的短刀。

就在他開始笑的時候，他已經把這柄刀刺入了他自己的心臟！

天色已漸漸亮了。寒山在淡淡的曙色中看來，就像是一幅淡淡的水墨畫。

小方站在山坡上，遠望著曙色中的寒山，臉色也像山色一樣。

是趙群約他到這裡來的。

歌者的屍體已埋葬。「陽光」的創口又崩裂，蘇蘇就留在屋裡陪她。

不知名的歌者，沒有碑的墳墓，卻已足夠令人永難忘懷。

趙群沉默了很久才開口：「我知道卜鷹這個人，我見過他一次。」

「哦？」

「千古艱難唯一死。要一個人心甘情願的爲另一個人死去，絕不是件容易事。」

趙群嘆息：「卜鷹的確不愧爲人傑。」

他側過臉，凝視小方：「但是不管多麼了不起的人，也有做錯事的時候。」

「哦？」

「我知道這次他一定冤枉了你。」

趙群道：「我看得出你跟那位姑娘都絕不是他說的那種人。」

小方沉默了很久：「他沒有錯，錯的是你。」

「是我？」

趙群反問：「我錯在哪裡？」

「錯在你根本不瞭解他。」

小方黯然道：「這世界上本來就很少有人能瞭解他。」

「你好像一點都不恨他？」

「我恨他？我爲什麼要恨他？」

小方問：「難道你真的以爲他是在懷疑我？」

「難道他不是？」

「當然不是。」

小方道：「他這麼樣做，只不過因爲不願再連累我們，所以才故意刺傷我們，要我們永遠不想再見他。」

他遙望遠方，眼中充滿尊敬感激：「他這麼做，只不過要我們自由自在的去過我們自己的日子。」

趙群又沉默很久，才長長嘆息！

「你確實瞭解他。一個人能有你這麼一個知己朋友，已經可以死而無憾了。」

他忽然握住小方的手說：「有些事我本來不想對你說的，可是現在也不能不說了。」

「什麼事？」小方問。

「是個秘密，到現在還沒有人知道的秘密。」

趙群道：「如果不是因爲這件事，我也永遠不會告訴你。」

他的態度誠懇而嚴肅：「我保證你聽到之後一定會大吃一驚。」

這個秘密無疑是個很驚人的秘密。如果小方知道這個秘密跟他的關係有多麼密切，對他的影響有多麼大，就算要他用刀子去逼趙群說出來，他也會去做的。

可惜他不知道。

所以他只不過淡淡的問：「現在你是不是一定要說？我是不是一定要聽？」

「是。」

「那麼你說，我聽。」

他還沒有聽到這個秘密，就聽見了一聲驚呼，呼聲中充滿了驚怖與恐懼。

也許是因爲「斧頭」這種酒，也許是因爲山居的女人大多健康強壯美麗，也許是因爲辛辣的食物總是使人性慾旺盛，也許是因爲現在已到了冬季。

也許是因爲其他某種外人無法瞭解的原因——

這山村中的居民起身並不早。

所以現在雖然天已亮了，這山村卻還在沉睡中，每一棟灰石屋子裡都是靜悄悄的，所以這一聲驚呼聽來更刺耳。

小方聽不出這是誰的聲音，可是趙群聽出來了。

他立刻失聲驚呼：「蘇蘇！」

一個美麗的女人，一個像蘇蘇那樣的尤物，無論在什麼地方，都隨時可能會遭遇到不幸和暴力。

趙群的身子躍起，向山下撲了過去。

小方緊隨著他。

現在他們已經是共患難的朋友。現在「陽光」正和蘇蘇在一起。

令人想不到的是，等到他們趕回那石屋時，「陽光」並沒有跟蘇蘇在一起。

「陽光」已經不見了。

蘇蘇在哭，縮在一個角落裡失聲地痛哭。

她的衣裳已經撕裂。她那豐滿的胸，纖細的腰，修長結實的腿，緞子般光滑柔潤的皮膚，從被撕裂的衣衫中露了出來。

趙群看見她，第一句話問的是：「什麼事？誰欺負了你？」

小方第一句問的卻是：「陽光呢？」

這兩句話是同時問出來的，蘇蘇都沒有回答。

她全身都在顫抖，抖得就像是寒風中一片將落未落的葉子。

直到趙群用一床被單包住她，將剩下的半碗「斧頭」灌她喝下去之後，她才能開口。

她只說了兩句話，同樣的三個字。

「五個人。」她說：「五個人。」

小方明白她的意思——

這裡有五個人來過，對她做了一些可怕的事。

——是五個什麼樣的人？

——陽光呢？

不管這五個人是什麼樣的人都已不重要，因爲他們已經走了。

最重要的一點是：「陽光是不是被他們帶走的？」

蘇蘇點頭，流著淚點頭。

「他們是往哪裡走的？」

蘇蘇搖頭，流著淚搖頭。她也不知道他們是往哪裡走的。

趙群低叱：「追！」

當然要追，不管怎麼樣都要去追。就算要追下地獄，追上刀山，追入油鍋，也一樣要去追。

可是往哪裡去追呢？

「我們分頭去追。」趙群道：「你往東追，我往西。」

他交給小方一枝旗花火炮：「誰找到了，就可以此為訊。」

這不能算是一個好法子，卻是唯一的法子。

沒有痕跡，沒有線索，沒有目擊者。

天色又漸漸暗了，暗淡的天空中，沒有出現過閃亮的旗花，甚至連趙群都沒有消息了。

小方沒有找到「陽光」，也沒有找到那五個人。

他已經找了一天，沒有吃過一點東西，沒有喝過一滴水。

他的嘴唇已乾裂，鞋底已被尖石刺穿，小腿肚上每一根肌肉都在刺痛。

可是他還在找。

就好像月宮中的吳剛在砍那棵永遠砍不倒的桂樹一樣。雖然明知找不到，也要找下去，直到倒下去為止。

砍不倒的樹，找不到的人，世界上本來就有很多事都是這樣子的。

山村中已亮起了燈火。

從小方現在站著的地方看下去，很容易就可以找到他們昨夜留宿的那樵夫的石屋。在他看得見的兩扇窗戶裡，現在也已有燈光透出。

——趙群是不是已經回去了？有沒有找到什麼線索？

小方立刻用最快的速度衝過去，距離石屋裡還有幾十丈時，就聽見了石屋裡傳出的聲音。

一種無論誰，只要聽見過一次就永難忘記的聲音。

一種混合著哭、笑、喘息、呻吟的聲音，充滿了邪惡與激情。

一種就算是最冷靜的人聽見，也會忍不住要血脈僨張的聲音。

小方衝過去，一腳踢開了門。

他的心立刻沉了下去，怒火卻衝上了頭頂——這簡樸的石屋已經變成了地獄。

蘇蘇正在地獄中受著煎熬。

一條野獸般的壯漢，按住她的身子，騎在她的身上，扼開她的嘴，將滿滿一袋酒往她嘴裡灌。

鮮血般的酒汁流遍了她潔白無瑕的胴體。

的。

這野獸般的壯漢看見小方時，小方已弩箭般竄過去，揮掌猛切他的後頭。

這是絕對致命的一擊，憤怒使得小方使出了全力。

直到這壯漢忽然像隻空麻袋般倒下去時，他的憤怒猶未平息。

直到他提起這壯漢的腳，用力拋出去，用力關上門，他才想起自己應該留下這人一條命的。

這個人很可能就是那五個人其中之一，很可能就是他唯一能找到的線索。

可是現在這條線索已經被他打斷了。

造成錯誤的原因有很多種，憤怒無疑是其中最重要的一種。

現在錯誤已造成，已經永遠無法挽回了。

窗子是開著的，屋子裡充滿了酒氣。

不是「斧頭」那種辛辣的氣味，卻有點像是胭脂的味道。

蘇蘇還躺在那張鋪著獸皮的石床上。

她是赤裸的。

她的整個人都已完全虛脫，眼白上翻，嘴裡流著白沫，全身每一根肌肉都在不停的抽搐顫抖，緞子般光滑柔軟的皮膚每一寸都起了戰慄。

她不是「陽光」，不是小方的女人，也不是小方的朋友。

可是看見她這樣子，小方的心也同樣在刺痛。

在這一瞬間，他忘了她是女人，忘了她是赤裸的。

在這一瞬間，在小方心目中，她只不過是個受盡摧殘折磨的可憐人。

屋裡有一盆水，一條毛巾。

小方用溫水毛巾，輕拭她的臉。她臉上的皺紋與黑疤忽然奇蹟般消褪了，露出了一張任何男人看見都無法不動心的臉。

就在這時候，她喉嚨裡忽然發出種奇異而銷魂的呻吟。

她的身子也開始扭動，纖細的腰在扭動，修長結實的腿也開始扭動。

能忍受這種扭動的男人絕對不多，幸好小方是少數幾個人中的一個。

他儘量不去看她。

他準備找樣東西蓋住她的身子。

但是就在這時候，她忽然伸出了手，將小方緊緊抱住。

她抱得好緊好緊，就像是一個快要淹死的人抱住了一塊浮木。

小方不忍用力去推她，又不能不推開她。

他伸手去推，又立刻縮回了手。

——如果你也曾在這種情況下去推過一個女人，你就會知道他爲什麼要縮回手了。

因爲女人身上不能被男人推的地方很多，在這種情況下，你去推的一定是這種地方。

她的身子是滾燙的。

她的心跳得好快好快好快。

她的呼吸中也帶著那種像胭脂的酒氣，一口口呼吸都傳入小方的呼吸裡。

小方忽然明白了，明白那個野獸爲什麼要用這種酒來灌她了——那是催情的酒。

可惜就在他明白這一點的時候，他也同樣被迷醉。

他的身體已經忽然起了種任何人自己都無法控制的變化。

他的理智已崩潰。

她已經用她的扭動的身子纏住了他，絞住了他，將他的身體引導入罪惡。

催情的酒，已經激發了他們身體裡最古老，最不可抗拒的一種慾望。

自從有人類以來，就有了這種慾望。

造成錯誤的原因有很多種，這種慾望無疑也是其中的一種。

現在錯誤已造成，已經永遠無法挽回了。

一個凡人，在一種無法抗拒的情況下，造成了一個錯誤。

這種「錯誤」能不能算是錯誤？是不是可以原諒？

錯誤已造成，激情已平靜，慾望已死，漫漫長夜已將盡。

這一刻正是痛苦與歡樂交替的時候。

這一刻，也正是人類良知復甦，悔恨初生的時候。

在這一刻，小方已完全清醒。

燭淚已乾，燈已滅。用松枝粗紙糊成的窗戶已漸漸發白，蒼白。

小方的心也是蒼白的。

——趙群是條好漢，甚至已經可以算是他的朋友。

——蘇蘇是趙群的女人，是趙群不惜犧牲一切都要得到的女人。

現在蘇蘇卻在他身畔，他仍可感覺到她的呼吸，她的心跳，她的體溫，以及她激情平復後那種溫柔滿足的寧靜。

那種本來總是能令一個男人，不惜犧牲一切去換取的愉快、和平、寧靜。

現在小方卻只希望能毀掉這一切。

他不能。

這是他自己造成的，他不能逃避，也不能推拒。

是自己造成的，自己就得接受。不管自己造成的是什麼都得接受。

窗紙發白，四下仍然寂無人聲。

——趙群爲什麼還沒有回來？

——趙群回來了怎麼辦？

這兩個問題同樣都是沒有人能夠解答的。

——如果趙群回來了，是應該瞞住他？還是應該向他坦白？

聰明人一定會說：

——瞞住他。如果他不知道這件事，大家的心裡都會比較好受些。他仍然可以和蘇蘇在一起生活，也許還能生活得很愉快。

如果小方也是個聰明的人，他一定會這麼做。但他從來都不想做聰明人。

有時他情願笨一點，也不願太聰明。

蘇蘇也醒了，正在看著他。眼中的表情也不知是痛苦？是悔恨？是迷惘？還是歉疚？

「這不能怪你。」

她忽然說：「他逼我喝的是銷魂胭脂酒，呂三也不知用這種酒毀掉了多少個女孩子的清白。」

「呂三？」

小方不能不問：「那個人也是呂三的屬下？」

蘇蘇點頭，伸手入枕下，摸出樣東西，緊緊抓在手裡，過了很久才攤開手掌。

她手裡抓住的是一隻金手，一隻很小很小的金手，遠比小方以前看過的小得多。

呂三的屬下，無疑是用金手的大小來分階級的。金手越小，階級越低。

那個野獸般的大漢只不過是呂三屬下一個小卒而已。

「他也是那五個人其中之一？」小方立刻問：「陽光就是被他們擄走的？」

蘇蘇點頭嘆息：「我始終不明白，他們爲什麼要綁走她？卻沒有綁走我？」

她自己解答了這問題：「也許他們又把她當做了我，也許他們要找的本來就是她，反正呂三所做的事，總是讓人摸不透的。」

小方沉默。

蘇蘇忽然改變話題，忽然問小方：「現在你是不是要走了？」

小方仍然沉默。

「如果你真的要走，要去找呂三，你用不著顧忌我。」

蘇蘇勉強笑了笑，笑得令人心碎！

「我們本來就不算什麼，你要走，隨時都可以走。」

小方是真的要走了，但是他又怎麼能把她一個人留在這裡？

不管這件事是誰的錯，不管他們之間以後會怎麼樣，她都已變成他生命中的一部份，他已無法推拒逃避。

蘇蘇忽又嘆息：「不管你能不能找到呂三，你都一定要走，非走不可。」

「爲什麼？」

「因爲現在呂三手下已經有很多人都能認得出我了。」

因爲現在她臉上的藥物已被酒洗掉，已經恢復了她本來的面目。

「所以你一定要離開我。」

蘇蘇道：「不管怎麼樣，我都不願連累你。」

在這種情況下，她顧慮的居然還不是她自己。

小方忽然覺得心裡有點酸酸的，過了很久很久才能開口。

「我們一起走。」

他說：「你帶我去找呂三，你一定能找得到他。」

「能找到他又怎麼樣？」

蘇蘇苦笑：「去送死？」

她又問：「你知不知道呂三屬下有多少高手？」

小方知道。

他不怕死，可是他無權要蘇蘇陪他去送死。誰都無權主宰別人的生死命運。

但是蘇蘇卻忽然捉住了他的手，忽然說：「我們走吧，現在就走。」

「走？」

小方茫然問道：「走到哪裡去？」

「隨便到哪裡去！」

蘇蘇又開始激動地說道：「我們可以去找個沒有人能找得到的地方躲起來。忘記所有的人，所有的事。」

小方閉著嘴。

蘇蘇忽又嘆息：「我知道你一定想問我，是不是也能忘記趙群？」

她反問小方：「你以爲我現在還有臉見趙群？」

四九　有了你的孩子

小方的手是冷的，心也是冷的。

一件永遠無法挽回的錯誤，兩個沒有臉見人的人。

如果你是小方，你會怎麼做？

過了很久小方才開口，無疑已下定決心才開口。

「我們再等一天。」

他說：「不管我們要怎麼做，都要再等一天。」

「等什麼？」

「等趙群。」

小方道：「我一定要讓他知道。雖然我也沒有臉見他，卻還是要等他回來。」

蘇蘇看著他，眼中已露出了她從未向別的男人表示過的愛慕與尊敬。

又過了很久她才問：「如果他沒有回來呢？」

小方回答道：「如果他不回來，我就走。」

這次蘇蘇問他：「你打算要到哪裡去？」

「去找呂三，去死！」小方道：「到那時不管你要怎麼樣，我都只有這一條路可走了。」

「你不能陪我到別的地方去？」

「我不能。」小方的回答顯得堅決乾脆。

「爲什麼？」

「因爲我忘不了這些人，這些事。」

小方說：「不管我們躲到哪裡去，就算能躲開別人，卻還是有一個人是我永遠躲不了的。」

「誰？」

「我自己。」

每個人都有逃避別人的時候，可是永遠都沒有一個人能逃避自己。

他們等了一天。

趙群沒有回來——非但沒有回來，連一點消息都沒有。

天色又漸漸暗了，又到了快吃晚飯的時候。蘇蘇已經很久沒有開過口，小方也沒有，他們已經有很久很久都沒有去看過對方，彷彿生怕對方眼中的表情會刺傷自己。

因爲他們都無法忘記昨夜的事情，那種激情，那種纏綿，本來就是很難忘得了的。

——以後怎麼辦？

——兩個沒有根的人，一次無法忘懷的結合，以後是不是就應該結合在一起？還是應該從此各就東西？讓對方一個人單獨地去承受因爲錯誤而造成的痛苦和內疚？

——這些問題有誰能答覆？有誰知道應該怎麼做才是對的？

窗戶開著，小方站在窗口。

窗外暮色漸臨，寧靜的天空，寧靜的山谷，寧靜的黃昏，天地間是一片蒼茫寧靜。

小方的心忽然抽緊。

他忽然又發現有件事不對了。

每個人都要吃飯，每家人廚房裡都有爐灶，屋頂上都有煙囪。

到了快要吃晚飯的時候，家家戶戶屋頂上的煙囪都會有炊煙冒出。

夕陽西下，晚霞滿天，炊煙處處，一直都是人間最能令遊子思歸的美景之一。

這裡有人家，有煙囪，現在已經到了快要吃飯的時候。

可是這裡沒有炊煙。

——難道住在這山村裡的，都是不食人間煙火的神仙？

小方忽然問蘇蘇：「你以前到這裡來過沒有？」

「我來過。」

「你知不知道這裡的人平常都吃些什麼？」

「吃魚，吃肉，吃米，吃麵，吃蔬菜水果。」

蘇蘇說：「別人吃什麼，這裡的人也吃什麼。」

她當然也發覺小方問的話很奇怪，所以反問他：「你是不是看見了什麼奇怪的事？」

「我沒有看見，什麼都沒有看見。」

小方已經想到，除了那樵夫夫妻子女外，他到這裡來還沒有看見過別的人。

小方說：「所以我要出去看看。」

他早就應該去看的。如果是卜鷹和班察巴那，一定早已將這裡每戶人家都檢查過一遍。

那「五個人」說不定一直都躲在這山村裡，「陽光」很可能也沒有離開過。

他沒有想到這一點，這實在是他的疏忽。

造成錯誤的原因有很多種，疏忽絕對是其中最不可原諒的一種，而且也同樣永遠無法彌補。

他們借住的這個樵戶石屋就在山村的邊緣，入山後第一眼看到的就是這一家。石屋前有條小路，沿著這條小路再走百十步，才有第二人家。

這家人的屋子也是用石塊砌成的。同樣用松枝粗紙糊成的窗戶裡，現在已有燈光，剛燃起的燈光。

窗關著，門也關著，小方敲門。

他敲了很久都沒有人來應門。

——屋裡有燈，就應該有人。

——他開始敲門的時候，蘇蘇就跟著來了。身上穿著那樵夫妻子的粗布衣服，褲管衣袖都捲得高高的，露出一段雪白的小腿。

小方立刻問她：「以前你有沒有到這一家來過？」

「沒有。」

蘇蘇又想了想再說：「可是我知道這一家住的是什麼人。」

「是什麼人？」小方問。

「這一家住的就是那樵夫的表哥。」

蘇蘇說：「我們到這樵夫家裡去的時候，他們一家大小就全都住到他表哥家裡來了。」

她跟趙群以前一定常來，這裡一定就是他們的秘密幽會之處。

如果說小方沒有想到這一點，那是假的。如果說小方想到了這一點之後，心裡連一點感覺都沒有，那也是假的。

小方又敲門。

他敲了很久，連門板都起了震動。就算屋裡的人都是聾子，也應該知道外面有人在敲門了。

裡面卻還是沒有人來應門。因爲屋裡根本沒有人，連個人影都沒有。

小方已經證實了這一點，因爲他已經用肩膀把這扇門撞開了。

屋裡雖然沒有人，卻點著燈。

一盞普普通通的油燈，一間普普通通的屋子，一些普普通通的傢具。

可是小方一走進這屋子，臉色就變了。變得就好像忽然看見鬼那麼可怕。

鬼並不可怕，有很多人都不怕鬼。小方也不怕，比大多數人都更不怕。

這屋子裡根本就沒有鬼。

這屋子裡所有的東西，都是一個普通人家屋子裡應該有的，甚至比別的普通人家裡所有的更簡樸。

蘇蘇並不太瞭解小方。只不過這兩天她能看得出小方絕不是輕易就會被驚嚇的人。現在她也看得出小方確實被嚇呆了。

她沒有再問小方：「你看見什麼？」

因爲小方看得見的，她也一樣能看得見。她所看見的東西，沒有一樣能讓她害怕的。她看見的只不過是一張床，一張桌子，幾張椅子，一個妝台，一個衣櫃，一盞油燈。每樣東西都很簡陋，很陳舊。

小方看見的也同樣是這些。誰也想不出他爲什麼會怕得這麼厲害。

油燈的燈芯，是用棉花搓成的，剛點著沒多久。

小方剛才站在那棟屋子窗口的時候，這棟屋子裡還沒有點燈。

他走出來的時候，燈才點起來。

點燈的人呢？

小方沒有再去找點燈的人，也沒有再到別的那些人家去。

他坐了下來，坐在燈下。

他臉上的表情看來已非是見到鬼了，現在他臉上的表情看來就像是鬼。

——難道這房子是棟鬼屋？到處都隱藏著凡人肉眼看不見的妖魔鬼怪、幽靈陰魂？無論什麼人只要一走進這屋子，都要受他們的擺弄？

——那麼蘇蘇爲什麼連一點感覺都沒有？

——難道這屋裡的妖魔鬼怪、幽靈陰魂要找的只有小方一個人？

蘇蘇實在很想問他爲什麼會變成這樣子，可是她不敢問。

小方的樣子實在太讓人害怕。

小方坐下來了。坐在靠牆的那張木桌旁，一把破舊的竹椅上。

他臉上的表情變得更複雜。除了恐懼憤怒外，彷彿還帶著種永遠理不清也剪不斷的柔情和思念。

——這間簡陋的屋子，怎麼會讓他在一瞬間同時生出這兩種極端不同的情感？

蘇蘇又想問，還是不敢問。小方卻忽然開口：「我也跟別人一樣，我也有父母。」

他說：「我的父親是個鏢師，十五年前在江南也有點名望。」

他的聲音低沉緩慢嘶啞地說：「我的母親溫柔賢慧，膽子又小。每次我父親出去走鏢的時候，她沒有一天晚上能睡得著覺。」

「陽光」失蹤，趙群未返，凶兆已生，「金手」已現。此時此刻，小方怎麼會忽然談起他的父母來？

蘇蘇又想問，還是不敢問。又過了半晌，小方才接著說：「在我五歲的那一年，我母親擔心的事終於還是發生了。」

小方道：「那一年的三月，我父親護鏢到中原，鏢車在中條山遇盜被劫，我父親再也沒有回來。」

他的聲音更低沉嘶啞：「鏢師的收入並不多。我父親的出手一向很大方，我們家裡日子雖然還過得去，但是連一點積蓄都沒有。他遇難之後，我們母子就連日子都過不下去了。」

蘇蘇終於忍不住問：「那家鏢局呢？」

她問小方：「你父親爲他們拚命殉職，他們難道不照顧你們母子的生活？」

「爲了賠那趟鏢，那家鏢局也垮了，鏢局的主人也上了吊。」

這是江湖人的悲劇，江湖中時時刻刻都會有這種悲劇發生。

刀尖舔血的江湖人，快意恩仇，有幾人能瞭解他們悲慘黑暗的一面？

蘇蘇黯然。

「但是你們還得活下去。」

她又問小方：「你們是怎麼活下去的？」

「我們是怎麼活下去的？是怎麼活下去的？……」

小方握緊雙拳，眼中的神情就好像被人刺了一刀，刺在心口。

「一個無親無故，無依無靠的女人，帶著一個五歲大的孩子，要怎麼樣才能活得下去？」

蘇蘇是個女人，她當然能明白小方的意思。

一個無親無故無依無靠的女人，爲了養育她的孩子，是什麼事都可以犧牲的。

在青樓中，在火坑裡，從遠古到現在，這樣的女人也不知有多少。

蘇蘇的眼淚已經快要掉下來了。

可是她更不懂。她不懂小方爲什麼要在此時此刻，要在她面前提起這些事。

這些事本來是一個男子漢寧死也不願在別人面前提起的。小方接著說出來的一句話，更讓她吃驚。

「但是我的父親並沒有死。」

小方說：「三年之後他又回來了。」

蘇蘇的手緊抓，連指甲都已刺入肉裡。

「你父親又回去了？」

她緊張痛苦得連聲音都在顫抖：「他知不知道你母親在幹什麼？」

「他知道。」

「他……他……」

蘇蘇用力咬嘴唇：「他怎麼看待你的母親？」

小方沒開口，蘇蘇又搶著問：「如果我是他，定會對你母親更尊敬更感激。」

「你不是他。」

小方聲音冷冰：「你不是男人。」

「難道……難道他不要你母親了？」蘇蘇又問。

她問出來之後，知道這問題是不該問的。看到小方眼中的痛苦，她應該知道這問題的答案。

——一個女人，一個孩子，一種人生，人生中有多少這種悲劇？

——有多少人能瞭解這種悲劇中所包含的那種無可奈何的人生？

小方又站起來，走到窗口，推開窗戶。窗外夜色已濃。

面對著星月仍未昇起的黑暗穹蒼，又過了很久，小方才開口。

「我告訴你這件事，只因爲我要你知道，我有個這麼樣的母親。」

「她在哪裡？」

蘇蘇問：「她是不是還活著？」

「她還活著。」

小方輕輕的說道：「那時我還小，她不能死。」

他的聲音如淚：「那時我雖然還小，可是已經知道她爲我犧牲了什麼。所以我告訴她，如果她死，我也死。」

「現在你已經長大了。」

蘇蘇又問：「現在她在哪裡？」

「在一個沒有人認得她，也沒有人知道她往事的地方。在一棟小小的木屋裡。」

小方說：「她不讓我常去見她，甚至不要別人知道她是我的母親。」

淚已將流下，卻未流下。只有至深至劇的痛苦才能使人無淚可流。

「她那木屋裡只有一張床，一張桌子，幾張椅子，一個衣櫃，一盞油燈。」

小方說：「她雖然不讓我常去，我還是常常去。她那裡的每樣東西我都很熟悉。」

他瞪著眼睛，瞪著黑暗的穹蒼，眼中忽然一片空白：「這屋子裡的這些東西，就是從她那裡搬來的。」

蘇蘇終於明白小方爲什麼一走進屋內就變成那樣子。

——這屋裡的每樣東西，都是從他母親那裡搬來的。

——是誰搬來的？

——當然是呂三。

——呂三無疑已找到了他的母親。現在她無疑也和「陽光」一樣落入了呂三的掌握中。

蘇蘇看看小方。小方無淚，蘇蘇有。因爲她已瞭解他們母子之間的感情。

「我帶你去。」

蘇蘇終於下了決心：「我帶你去找呂三。」

就算她明知道他是去送死，她也要帶他去。因爲她知道他已沒有別的路可走。

小方卻搖頭！

「你不必。」

「不必？」

「你不必帶我去，不必陪我去送死。」

小方道：「可是你不妨告訴我他的人在哪裡。」

蘇蘇搖頭：「我不能。」

她說：「我不能告訴你。」

「爲什麼？」

「因爲我也不知道他在哪裡。」

蘇蘇說：「我只能帶你去。」

小方不懂，蘇蘇解釋：「他是個謎一樣的人，每個市鎭鄉村都有他的落腳處，卻從來沒有人知道他落腳在哪裡。」

她又補充：「我也不知道，可是我能找得到。」

小方什麼都沒有再問，他已經站起來說道：「那麼我們就去找。」

蘇蘇道：「也許我們要找很久，他的落腳處實在太多了。」

小方道：「只要能找得到，不管要找多久都沒有關係。」

他們找了很久，很久很久。

他們沒有找到。沒有找到「陽光」，沒有找到趙群，也沒有找到呂三。

紅梅，白雪，綠豈。

風雞，鹹魚，臘肉。

孩子的新衣，窮人的債，少女們的絲線，老婆婆的壓歲錢。

急景殘年。

快要過年了。

不管你是漢人、是苗人、是藏人，還是蒙人，不管你在什麼地方，過年就是過年。因為大家都是屬於同一民族的人，都是黃帝的子孫，而且都以此為榮。

這個地方的人也一樣。

這個地方的人也要過年。不管你是貧、是富、是老、是少、是男、是女，過年就是過年。

年年難過年年過，每個人都要過年，小方和蘇蘇也一樣。

他們已找過很多地方。

現在他們到了這裡，現在正是過年的時候，所以他們留在這裡過年。

趕著回家過年的旅客大多已到了家。客棧裡的客房空了九間。推開窗子望出去，積雪的院子裡只剩下一些車轍馬蹄的足跡。一張油漆已褪色的八仙桌上，有一壺酒和堆得滿滿的四碗年菜，是店東特地送來的。菜碗上蓋著張寫著「吉祥如意，恭喜發財」的紅紙。

人間本來就到處有溫情，尤其是在過年的時候。每個人都樂於將自己的福氣和喜氣分一點給那些孤獨寂寞不幸的人。

這就是中國人「過年」的精神，也是「過年」的最大意義。也許就因爲這緣故，所以過年的習俗才能永遠流傳下去。

蘇蘇已擺好兩副碗筷，還替小方斟滿了一杯酒。

她是個好女人，她對小方已做到了一個女人能對男人做的每一件事。

小方看著她的時候，心裡總是覺得有點酸酸的，總是忍不住要問自己：「我爲她做了些什麼？」

這兩天她身子彷彿很不安適，睡不著覺，東西也吃得不多，有時還會背著小方悄悄的去嘔吐。

小方挾了個蛋黃到她碗裡，她勉強吃下去，立刻又吐了出來。

如果小方是個有經驗的男人，早就應該知道她爲什麼變成這樣子了。

可惜他不是，所以他問她：「你是不是病了？」

蘇蘇搖頭。但是她看起來的確像是有病的樣子，所以小方又問：「你是不是有點不舒服？什麼地方不舒服呢？」

蘇蘇低著頭，蒼白的臉上忽然起了陣紅暈。過了很久很久才鼓起勇氣來說：「我好像已經有了孕。」

小方怔住，完全怔住。

蘇蘇正在偷偷的看他。看到他臉上的表情，她眼中立刻充滿痛苦之色，用力咬著嘴唇，像生怕自己會說出不該說的話。

但是她終於還是忍不住說了出來。

「你是不是想問我，我肚裡的孩子是你的？還是趙群的？」

她的聲音已因激動而顫抖：「我可以告訴你，孩子是你的，因爲趙群不會有孩子。」

她盡力控制自己，接著又道：「在花不拉的商隊裡，我們住在你們隔壁的時候，我們每天晚上都發出那些聲音來，並不是因爲我們喜歡做那件事。」

「你們是爲了什麼？」

「我們是故意的。」

蘇蘇道：「我們故意那麼做，別人才不會懷疑我們就是呂三要追捕的人，所以別人才會懷疑你。」

「爲什麼？」小方又問。

「因爲呂三的屬下都是趙群的朋友，都知道趙群根本不能做那件事。」

蘇蘇的聲音更痛苦：「因爲他是個天閹。」

小方又怔住，完全怔住。

「別人都在奇怪，我為什麼會喜歡一個根本不是男人的男人。」

蘇蘇眼中已有淚光：「那只不過是別人都不瞭解我跟他之間的感情罷了。」

她接著道：「我喜歡他，就因為他的缺陷，就因為他是我這一生所遇到的男人中，唯一不是因為我的身體才對我好的男人。」

——女人的感情，女人的心事，有誰能完全瞭解？

小方也不能。

蘇蘇直視著他：「我告訴你這件事，並不是要你承認這孩子是你的。你還是可以不要他，還是隨時都可以走。」

小方開始喝酒，低著頭喝酒，因為他已不敢去看她。

他知道她說的是真話。他不能不承認孩子是他的，也不會不承認。

他絕不是那種不負責任的男人。

只不過對他這麼樣一個沒有根的浪子來說，這件事來得實在太突然，突然得令他完全無法適應。

——他居然有了孩子，跟一個本來屬於別人的女人有了孩子。

有誰能想得到這種事。

「不管怎麼樣，我們以後還是朋友。」

蘇蘇擦乾眼淚，舉起酒杯：「我敬你一杯，你喝不喝？」

小方當然要喝。等到他開始想去找第二壺來喝的時候，他就知道今天要醉了。

他真的醉了。

這時外面已響起一串爆竹聲。舊的一年已過去，新的一年已開始。

大年初一，晨。

五十　有子萬事足

穿著新衣的孩子在雪地上奔跑跳躍。滿耳都是「恭喜發財」聲。賣玩具爆竹的小販，已經擺起攤子，準備賺外婆給孩子的壓歲錢了。

這一年的初一是個大晴天。

這時小方已經在路上逛了很久，眼中的紅絲已消退，昨夜的醉意已漸漸清醒。

這裡沒有楊柳岸，也沒有曉風殘月。

他清醒時，發現自己站在一個賣玩偶的攤子前面，看著一個矮矮瘦瘦的爸爸，帶著三個矮胖胖的小孩子在買泥娃娃。

看見孩子們臉上的歡笑，終年省吃儉用的父親也變得大方起來，缺乏營養的瘦臉上也露出孩子般的笑容。

「有子萬事足」，這是中國人的天性，就因爲這緣故，中國人才能永遠存在。

小方忽然覺得眼睛有點濕濕的。

——他也有了孩子，他也像別的人一樣快做爸爸了。

剛聽到這消息時的震驚已過去，現在他已能漸漸感覺到這是件多麼奇妙的事——他感覺到這一點，別的事就變得完全不重要。

他也買了個泥娃娃，笑得像彌陀佛一樣的泥娃娃。

等想到孩子還沒有出生，還不知道要過多久才能玩這泥娃娃，他自己也笑了。

他決定回去告訴蘇蘇，不管怎麼樣，他都會好好照顧她和他們的孩子。

——孩子一定要生下來，生命必須延續，人類必能永存。

走在回去的路上，手裡捧著新買來的泥娃娃，小方只覺得自己的心情從未如此開朗過。

但是等他回到那客棧的小屋時，蘇蘇已經不在了。

屋裡一片凌亂，酒壺菜碗都已被摔得破碎。碎片和剩菜四下飛濺，紅燒肉的肉汁濺在粉牆上，就像是剛乾透的鮮血。

小方的心裡也在滴血。

他手裡還緊緊捧著那個泥娃娃，就像是一個母親在抱著自己的初生嬰兒。

「卜」的一聲響，他手裡的泥娃娃也碎了。

希望、理想、意志，所有的一切，也都像這泥娃娃一樣碎了。

現在小方應該怎麼辦？

去找呂三？到哪裡去找？

他的母親，他的朋友，他的情人，他的孩子，現在都已落入呂三的手裡。

他就算找到呂三又能怎樣？

小方慢慢的，慢慢的坐了下去，就坐在他本來站著的那塊地上，就坐在那碗肉的殘汁和破碗的碎片上。

刀鋒般的碎片刺入了他的肉。

他完全沒有感覺。

他只覺得兩條腿忽然變得很軟很軟，腿裡的血肉精氣力量都好像一下子就被抽空了，好像永遠再也沒法子站起來。

就在這時候，他聽見那好心的店東在窗外向他拜年，祝他：「年年平安，事事如意。」

小方笑了，就像一個白癡一樣笑了起來。店東卻已笑不出。看見了屋裡的情況，看見了他的這副樣子，還有誰能笑得出？他好像還對小方說了些安慰勸解的話，可是小方連一個字都沒有聽見。

小方正在對自己說，一直不停的告訴自己。

——一定要保持清醒，一定要忍耐。

可是不知道從什麼時候開始，他忽然發覺自己已經在喝酒。

一直不停的喝。只有一個已經完全被摧毀了的人，才知道「清醒」是種多麼可怕的痛苦！

他知道喝酒絕對不能解決任何問題，也不能解除他的痛苦。

可是他清醒時更是痛苦，痛苦得隨時都會發瘋。

他一向不願逃避，無論遭遇到多大的打擊，都不願逃避。可是現在他已無路可走。

——醉鄉路隱宜頻到，此外不堪行。

自此醉了又醉，醉了又醉，直到他喝得爛醉如泥，無錢付賬，被一家小酒店的粗暴主人打斷了兩根肋骨，踢進一條陰溝。

可是他醒來時並不在陰溝裡。

小方醒來時已經躺在床上。

寬大柔軟舒服的床，嶄新乾淨的被單，光滑如少女皮膚般的絲被。

一個皮膚光滑如絲緞的少女，正躺在他的身旁，用一個女人能夠挑逗男人的所有方法挑逗他。

宿酒將醒未醒，正是情慾最亢奮的時候，什麼人能忍受這種挑逗？

小方是人，小方也不能忍受。

他終於做出連自己都不能原諒的事，他甚至連那女人是誰都不知道。

可是他剛開始做了沒多久，就已經開始嘔吐了。

等他吐完了，他才想到應該問她：「你是誰？怎麼會睡在我旁邊？」

「我叫文雀。」

這個女人並不在乎他嘔吐，態度仍然同樣纏綿溫柔：「是你的朋友要我來陪你的。」

——他的朋友。

——現在他還有朋友？

「我那朋友是誰？」

「是呂三爺。」

小方幾乎又忍不住要開始嘔吐。

他沒有吐，因爲他已經沒有東西可吐。

文雀又開始她的動作，只有一個老練的妓女才能做得出的動作。

「這裡是我的地方，」她說：「隨便你高興在這裡住多久都行，你的朋友已經替你把所有的賬都付過了。」

她的手一直不停。

「這裡還有酒。」

文雀說：「花雕、茅台、大麴、竹葉青，隨便你要喝什麼，這裡都有，所以你絕不能走。」

這裡是溫柔鄉。

這裡有最好的酒，最好的女人。這裡所有的一切，都是他現在最需要的。這裡所有的一切，也都是他一走出這地方就沒法子再得到的。

小方的傷還在疼，一動就疼。

他躺在那裡沒有動。

文雀笑了。

「我知道你絕不會走的。」

她笑得那麼甜：「呂三爺也知道你絕不會走的，他……」

她沒有說完這句話。

因爲小方已經跳起來衝了出去。他已被摧毀，已沉淪，可是他還有一口氣。

烈日。

烈日如洪爐中的火燄，小方正在洪爐裡。

嘴唇乾裂，囊空如洗，頭疼如被針刺，胃裡就像是有無數隻手在絞擰，身上帶著種死魚般的臭氣。

這麼樣一個人走到哪裡才會受歡迎呢？

小方自己也不知道應該走到哪裡去，只不過一直在走。因爲他不能躺下去，不能像野狗般躺下去，不能躺在一個連他死了都沒人問的地方。

他想去買杯酒喝。可是他剛走進一個有酒喝的地方，就被人像野狗般轟了出來。

他對自己說：「姓方的，你已經完了，不如死了算了。」

可是他又不甘心。

就在這時候，忽然有隻手從後面拉住了他，一隻強而有力的手。

他回過頭，就忍不住叫了起來。

「趙群！」

從後面拉住他的人，赫然竟是趙群，一去無消息的趙群。

——蘇蘇是趙群的女人，蘇蘇已有了孩子，蘇蘇的孩子是他的。

小方幾乎忍不住想逃走。

可是趙群已經拉住了他，絕對不會再讓他走了。

「你還沒有死？」

趙群又驚又喜：「想不到我們居然都沒有死。」

他的聲音已因驚喜激動而嘶啞：「那天我挨了他們一刀，本來以爲已經死定了，想不到那一刀沒有砍在我的要害上。可是等到我回去找你們時，你們已經不在了。」

然後他才問出小方最怕他問的那一件事。

「蘇蘇呢？」他問小方：「蘇蘇爲什麼沒有跟你在一起？」

小方不能回答這問題，又不能不回答他。他一直想去找趙群，可是現在卻只希望永遠沒有見過這個人。

趙群用一種同情的眼光看著他。

「你瘦了，而且好像病了。」

他說：「這些日子來，你一定遭遇到很多很可怕的事。」

小方不能否認。

「不管怎麼樣，那些事現在都已經過去了。」

趙群道：「今天我剛巧約了很多朋友，那些朋友一定也會認得你。」

他又說：「我的朋友，就是你的朋友，你一定要去。」

這裡是邊陲小城。趙群是個亡命的人，想不到他在這裡居然還有朋友。

更令人想不到的是，他的朋友居然都是些在江湖中很有名聲，交遊很廣闊的人。其中有幾位威震一方的武林大豪，本來絕不可能到這種邊陲小城來的，現在居然都來了。

——他們是不是要在這裡商議什麼大事？

小方沒有問，趙群已經爲他引見。

「各位一定聽說過，江湖中有個要命的小方。」

趙群顯然以他的朋友爲榮：「我這朋友就是要命的小方。」

他用力拍小方的肩：「我可以向各位保證，他絕對是個好朋友。」

群豪的反應很熱烈，大家都來敬小方的酒。小方不能拒絕，也不想拒絕。

他喝了很多，比平時還多些，但是卻沒有醉。他忽然聽見趙群在說：「現在我不妨讓各位知道，他是一個什麼樣的好朋友。」

小方的心開始往下沉，因爲他已經知道趙群要說什麼了。

趙群說的是蘇蘇和「陽光」。

「卜鷹是他的好朋友，我也是，我們都曾經救過他。」

趙群道：「我們都信任他，甚至將自己未來的妻子都交托給他。」

他的聲音充滿憤怒悲傷：「可是現在我的妻子已經有了他的孩子。」

小方聽著他說，一點反應都沒有，就好像在聽一件和他完全沒有關係的事。

他又喝了很多酒，整個人都已喝得完全麻木。

趙群問他：「我說的是不是真話？」

「是。」

「你承認？」

「我承認。」

小方還在不停的喝，一杯又一杯：「我承認，我承認……」

好像有人把酒潑在他身上、臉上，但是他已經完全沒有感覺了。

他們喝酒的地方，是在一家很不錯的酒樓上。酒不錯，菜不錯，設備不錯，伙計侍候得也很不錯。

在這種邊陲小城，能夠找到這麼一家酒樓，實在是件很不容易的事。

小方就醉在這酒樓內，醉在趙群面前。

他醒來的時候，還在這家酒樓上。趙群還是在他面前，冷冷的看著他。

群豪已散了，燭淚已乾了，趙群的臉色，就好像窗外灰暗的穹蒼，彷彿很近，又彷彿很遠很遠。小方在揉眼睛，彷彿很想看清楚這個人，卻又偏偏看不清。

——這個人爲什麼還沒有走？還留在這裡幹什麼？

——如果他要報復，爲什麼不把小方一刀殺掉？

小方掙扎著坐起來，還是比趙群矮了半截。

——有些人好像總是要比另外一些人矮半截的。

這個小城雖然在邊陲，卻是個很繁榮的鎮市。這家酒樓當然是在一條很熱鬧的街道上。窗外的天色雖然灰黯，現在卻已是正午。正是吃飯的時候，不管生意多壞的酒樓飯舖，多少都應該有幾個客人。

這家酒樓絕不像是生意壞的酒樓，如果生意壞，這地方早就沒法子維持下去。

可是現在酒樓上只有他們兩個人。

小方看著趙群，趙群看著小方。兩個人你看著我，我看著你，除了他們兩個之外，誰也不知道他們心裡在想什麼。

他們兩個人都沒有開口。酒樓上連一點聲音都沒有，外面的街道上卻有各種聲音傳了過來。有人聲，有車聲，有馬蹄馬嘶聲，有小販的叫賣聲。

趙群終於說話了，說的卻不是他心裡在想的事。

他忽然問小方：「你在想什麼？是不是有什麼話要對我說？」

「不是。」小方道。

「不是？」趙群問道。

「不是我有話要對你說。」

小方道：「是你有話要對我說。」

「哦？」

「有件事你早就應該告訴我了。」

「哦？」

「你還記不記得那個穿白衣，飲烈酒，唱悲歌的歌者？」小方問。

「我記得。」

趙群道：「我當然記得。」

「我們埋葬了他之後，在蘇蘇爲『陽光』治傷的時候，在那個山坡上，你是不是對我說過，有件秘密要告訴我？」

「是。」

「但是你一直都沒有告訴我。」

「我沒有。」

趙群道：「我一直都沒有機會說出來。」

小方用一種很奇怪的眼色看著他，過了很久才問：「現在呢？」

「現在……」

趙群還沒有說下去，但小方已經打斷了他的話：「現在你也已經用不著說出來了。」

「爲什麼？」

「因爲我已經知道你要說的是什麼。」

小方的眼色奇怪：「因爲現在我已經知道你是誰了。」

趙群在笑：「你知道我是誰？」

他的笑容也同樣奇怪：「你說，我是誰？」

小方的回答絕對可以使每個人都大吃一驚——最少可以使除了他們兩個人之外的每一個人都大吃一驚。

「你就是呂三。」小方說。

趙群又笑了。

他居然沒有否認，連一點否認的意思都沒有，他只問小方：「你怎麼知道我就是呂三？」

這個問題本身就是答案，他問這句話，就等於已經承認自己就是呂三。

所以他自己回答了這一個問題：「其實我知道你遲早總是會想到的。你並不太笨，現在也是你應該知道的時候。」

有很多事，有很多關鍵，如果他不是呂三，就無法解釋。

「不錯，我就是呂三。」

他居然立刻就承認：「你當然早就知道『趙群』這個名字是假的，這張臉也是假的。所以你現在雖然知道我就是呂三，但是等到你下次見到呂三時，還是沒法子認得出來。」

「還有下次？」

小方冷冷的問道：「這一次還不是最後一次？」

「還不是。」

「是不是因為你還不想讓我死得太快？」

「是。」

呂三微笑：「千古艱難唯一死，誰都不想死，只不過有時候死了反而比活著好得多。」

——死了一了百了，活著才會痛苦。

「我相信你一定也知道這道理。」

呂三又問小方：「你知不知道我為什麼把蘇蘇留下來給你？」

他自己又替自己回答了這個問題，他的回答無論什麼人聽見都會覺得難受得要命。

「因為你殺了我的兒子。」

呂三說：「所以我也要你還給我一個兒子，你自己親生的兒子。」

有時候一個人往往會一下子就變成空的。身體、頭腦、血管，全部變成空的。連思想、感覺、精神、力量，什麼都沒有了。

未曾有過這種經驗的人，一定不會相信一個人真的會變成這樣子。

小方相信。

小方現在就是這樣子。

——一剎那間的真空，永無止境的痛苦回憶。

——一剎那間往往就是永恆。

小方彷彿聽見呂三在說話。

「你已經完了，徹底完了。」

呂三的聲音溫和得令人想吐：「你在江湖中的名聲已經完了。你的母親、你的朋友、你的情人、你的兒子，都已經落入我手裡。只要我高興，隨便我用什麼法子對付他們都行。」

他在笑：「可是你永遠都想像不到我會用什麼法子對付他們，所以你只有往最壞的地方去想，越想越痛苦，不想又不行。」

這是真的。

沒有人能控制自己的思想。越不該想的事，偏偏越要去想。

這種痛苦本來就是人類最大的痛苦之一。

小方彷彿又聽見自己在說：「至少我還沒有死，還有一口氣。」

「你還沒有死，只不過因爲我根本已不必殺你。」

呂三道：「因爲現在你活著遠比死更痛苦得多。」

他的笑容更溫和：「如果你認爲你還有一口氣，還可以跟我拚命的話，你就更錯了。」

小方在冷笑，一種連自己聽見都會覺得非常虛假的冷笑。

「你不信？」

呂三道：「那麼我不妨就讓你試一試。」

他招了招手，他的身邊忽然就出現了一個陌生人。

一個短小精悍的黑衣人。酒樓上本來並沒有這麼一個人，可是呂三一招手，這個人就出現了。連小方都看不出他是怎麼來的。

他的手裡握著一柄劍，出了鞘的劍。劍氣森寒，秋水般的劍光中有一隻眼。

魔眼。

「這是你的劍？」

呂三將劍拋在小方腳下：「這柄劍，本來也是我的，現在我還給你。你既然還有一口氣，你不妨就用這柄劍來跟我拚一拚。」

小方沒有動。

劍光在閃動，魔眼彷彿在向他眨眼，可是他沒有動。

他爲什麼不伸手去握起這柄劍？

呂三在看著自己的手。

小方也在看著自己的手。

呂三的手潔淨、乾燥、穩定；小方的手在抖，指甲已經變成黑的。

這麼樣一雙手，怎麼配去握著這樣的一柄劍？

呂三輕輕嘆息。

「其實我早就知道你不會伸手的。」

他說：「因爲你自己也知道，只要一伸手抓起這把劍，你就死定了。」

他的嘆息聲聽起來令人想吐。

「現在你活著雖然痛苦，可惜又偏偏不想死。」

呂三道：「死了什麼都完了，現在你多多少少還有一點希望。」

——還有希望？一個人到了這種地步，還有什麼希望？

呂三道：「你心裡說不定還在盼望著，卜鷹、班察巴那他們說不定還會跑來救你。」

他又嘆了口氣：「可惜就算他們真的來了，也一樣沒有用的。」

他忽然回頭向那捧劍來的黑衣人笑了笑：「你不妨告訴他，你是什麼人。」

黑衣人的臉看起來就像一隻鳥，不是飛鷹大鵬那種鳥。

他的臉看起來就像是一隻已經塗上醬油麻油佐料，已經被烘乾烤透了的雀鳥。

他靜靜的看著小方，用一種無論誰聽見都會起雞皮疙瘩的聲音告訴小方：「我不是人，我是一隻鳥。」

黑衣人道：「我的名字叫麻雀。」

麻雀絕不是一種可怕的鳥。

如果這個人真的是一隻鳥，就一點也不可怕。

不管他看起來像什麼，不管他說他自己是什麼，他都是一個人。

如果一個人的名字叫「麻雀」，這個人就絕對是個非常可怕的人。

江湖中以飛禽之名爲綽號的高手有很多，「金翅大鵬」、「追魂燕子」、「鷹爪王」，這些人絕對都是江湖中的一流高手。

可是，其中最可怕的一個人，卻是麻雀。

因爲這個「麻雀」不是一隻鳥，是一個人。不但輕功絕高，而且會「啄」，啄人的眼，啄人的心臟。

不是用他的嘴啄，也不是用他的手，而是用一對他一伸手就可以抽出的獨創外門武器「金剛啄」。

一個人如果能獨創出一種武器來，這個人無疑是個有頭腦的人。

一個人如果有武功而且還有頭腦，這個人就一定是個非常可怕的人了。

呂三用一種極爲欣賞的眼色看著麻雀極不值得欣賞的臉。

他又問麻雀，用一種已經明知確定答案所以極放心的態度問：「我交代你做的事，你是不是已經全做好了？」

「是。」

呂三微笑，走到臨街的窗口，再回頭對小方說：「你也過來看看，看看他是不是真的已經做好了。」

他的態度就好像是一位極慇懃的主人請一位客人去看一齣極精彩的好戲。

——他交代麻雀做了什麼事？

窗外就是這邊陲小城中一條最主要的街道。街上有各式各樣的店舖，各式各樣的小販，各式各樣的行人。

一個搖鈴的貨郎正停留在一家糕餅店的前面。一個白髮蒼蒼的老太太正站在貨郎的推車前，準備買一點針線。

一個梳著條大辮子的小姑娘，站在老太太身後偷偷的看，看車上的胭脂花粉香油。

糕餅店裡的一個年輕的伙計，正站在門口看這個衣服穿得很緊的小姑娘。

旁邊一家店舖是賣年貨的。現在年已經過了，店裡的生意很清淡。店裡的掌櫃正在打瞌睡，卻被隔壁一家綢緞莊的爆竹聲驚醒了，看起來好像有點生氣的樣子，好像準備要出來罵人。

一個挑著擔子賣花的老頭子，正在跟另一個賣花的小伙子吵架搶生意。

斜對面一家酒舖的門口，躺著個醉漢，正準備扯起嗓子來唱山歌。

幾個要飯的正圍住幾個穿紅戴綠的胖太太討賞錢。

兩條樣子一點都不像財神的大漢正在一家米店門口送財神。

那邊鑼鼓敲響起，一隊舞獅的人已經敲敲打打的舞了過來。

街上的老太太、小姑娘、胖太太、大姑娘，都扭過頭去看。看這些在寒風中赤裸著上身的年輕人，看他們身上一塊塊凸起的肌肉。

她們在看別人的時候，別人也看著她們。看小姑娘的臉，大姑娘的腳，看老太太的首飾，胖太太的大屁股。

還有幾個缺德的小伙子，正在指著這些胖太太的大屁股吃吃的笑，悄悄的說：「那上面最少可以打兩桌葉子牌。」

五一 神魚

現在年雖然已經過了，元宵節還沒有過。街上還是充滿了過年的氣象，熱熱鬧鬧，高高興興的，不管有錢沒錢的人都一樣。這世界上好像已經完全沒有憂愁煩惱痛苦存在。

——小方呢？

——如果你是小方，你正站在這個窗口，站在一個把你母親、朋友、情人、孩子和名譽都奪走的仇人身旁，看著這條熱熱鬧鬧的街道，看著這些高高興興的人，你心裡是什麼滋味？

「他們都是的。」麻雀忽然說。

他指著搖鈴的貨郎，糕餅店的年輕伙計，年貨店裡打瞌睡的掌櫃和綢緞店裡放爆竹的掌櫃，賣花的老頭子和小伙子，酒鋪門外的醉漢和乞丐，送財神和舞獅的大漢，以及那些站在街角看著女人們品頭論足的年輕人。

麻雀指著這些人對呂三說：「他們都是我在這裡安排的人。」

「他們都是？」

「每一個都是。」

「你一共安排了多少人？」呂三問。

「本來應該是四十八個。」

麻雀回答：「可是現在我只看見四十七個。」

「還有一個人到哪裡去了？」

「我也不知道。」

麻雀道：「可是我一定會查出來的。」

他淡淡的又說：「查出來之後，今天沒有來的那個人以後就什麼地方都不必去了。」

小方明白他的意思。

一個死人還有什麼地方可去？

呂三又問麻雀：「你安排這些人，都是些什麼人？」

麻雀一口氣說出了四十八個人的名字，其中至少有三十多個名字是小方以前就聽人說過的。

每個人的名字都可以讓人吃一驚。

——只有會殺人而且殺過不少人的人，名字說出來才能讓人吃驚。

呂三卻還是要問：「你認爲這些人已經夠了？」

「絕對夠了。」

麻雀說：「只要我一聲令下，他們在我數到『二十』的時候，就可以將這條街上所有的男、女、老、少、畜牲、貓、狗全都殺得乾乾淨淨。」

呂三用一種很明顯是故意裝出的驚愕之態看著麻雀，故意問：「你知不知道這條街上有多少人？」

「我不知道。」

麻雀臉上仍然帶著種好像被烤焦了的表情：「我只知道隨便有多少人都一樣。」

「還有別的人再來也一樣？」

「一樣。」

麻雀回答：「而且不管來的是什麼人都一樣，就算卜鷹和班察巴那來了也一樣。」

「你只要數到『二十』，就可以把他們全都殺得乾乾淨淨？」

「嗯。」

「你數得快不快？」

「不快。」

麻雀道：「可是也並不太慢。」

呂三笑了，微笑著搖頭：「有誰會相信你說的這種事？」

麻雀冷笑反問：「有誰不信？」

「如果有人不信，你是不是隨時都可以做出來給他看？」

「是的。」

麻雀回答道：「隨時都可以。」

呂三又笑了。微笑著回過頭，凝視著小方，一個字一個字的問他道：「你信不信？」

小方閉著嘴。

他嘴乾唇裂，指尖冰冷。他不能回答這問題，也不敢回答。

因爲他知道，無論他的答案是「相信」還是「不信」，後果都同樣可怕。

呂三靜靜的看著小方，靜靜的等了很久才開口。

「其實你根本用不著回答這問題，我根本也用不著問你。」

他笑得就像是隻已經將狡兔抓住了的狐狸：「我這麼樣問你，只不過要讓你知道，你已經完全沒有機會，完全沒有希望了。」

他的笑容忽然消逝，眼色忽然變得冷酷如狼：「其實我真正想問你的是另外一件事。」

「什麼事？」

「卜鷹把那批黃金藏到什麼地方去了？」

呂三道：「就是他最後一次從鐵翼手裡劫走的那一批。」他盯著小方：「我相信你一定知道這個秘密。除了卜鷹自己和班察巴那，只有你知道。」

這問題小方更不能回答，死也不能。但是他卻忽然反問：「如果我肯說出來，你是不是就肯放了我，而且放過我的母親和孩子？」

「我可以考慮。」呂三道。

「我也可以等，等你決定之後再說。」小方道。

呂三目光閃動：「如果我肯呢？」

「如果你肯，我就明白了。」

「明白什麼？」

「明白你費了這麼多心機，這麼樣對我，原來並不是爲了報復。」

小方道：「你這麼樣做，原來只不過是爲了要逼我說出那批黃金的下落。」

呂三居然沒有否認，現在他已不必否認。

小方卻又說出句很奇怪的話：

「既然你不否認，我又不明白了。」

「什麼事不明白？」

「不明白你爲什麼要這樣做。」

小方道：「對你來說，三十萬兩黃金並不能算太多，你爲它付出的代價卻太多了。」

呂三又盯著他看了很久，才長長嘆了口氣，說道：「你是個聰明人，我不想瞞你。」

「你想要我說真話，最好就不要瞞我了。」

「對我來說，三十萬兩黃金的確不能算太多。」

呂三道：「我這麼做，的確不是爲了這批黃金。」

「那你是爲了什麼事？」

「是爲了一條魚。」

呂三說道：「一條金魚。」

「金魚？」

小方的驚訝絕不是故意裝出來的：「你費了這麼大的苦心，只不過是爲了一條金魚？」

呂三不再回答這問題，卻忽然反問小方：「你知不知道藏邊有個城市叫『噶爾渡』？你有沒有到那裡去過？」

小方沒有去過，但是他知道。

「噶爾渡」在天竺聖河上源，象泉河西盡頭。地勢極高，入冬後奇寒徹骨，冰雪封戶，入夏則萬商雲集。

呂三又問小方：「你知不知道就在靠近那地方的象泉河裡，有一種魚？」

呂三道：「是一種金色的鱗魚，有鱗、有骨、有血、有肉，本來是可以吃的。」

「現在呢？」

「現在已經沒有人敢吃了。」

「爲什麼？」

「因爲現在人們已經將那種魚看成神魚，吃了必遭橫禍。」

呂三道：「所以現在已經沒有人敢吃了。」

「這種魚和你那批黃金又有什麼關係呢？」

「有一點。」

呂三眼中忽然露出種奇異而熾熱的表情：「那批黃金中，就有一條是噶爾渡金魚。」

他的眼神看來就像是個初戀中的少女，甚至連呼吸都已因興奮熱情而變粗了。

小方沒有問他黃金裡怎麼會有魚？魚怎麼能在黃金裡生存？

他知道呂三自己一定會解釋的。

呂三果然接著說下去：「你沒有看過那條魚，所以你絕對想不到那條魚是多麼神奇，多麼美麗。」

「神奇？」

小方從未聽過任何人用「神奇」這兩個字來形容一條魚。

所以忍不住要問：「那條魚有什麼神奇的地方？」

「那是昔年具有無邊大神通、廣大智慧大法力的『阿里王』，在成神之前親自從象泉河裡釣起來的魚。出水之後，牠的血肉鱗骨就全都變成了純金。」

呂三道：「十足十的純金。天上地下，再也找不出那麼純、那麼美的純金。可是它看起來仍然好像是活著，就好像隨時都可以化爲神龍飛上天去。」

他又開始喘息著，過了很久才能接著說：「因爲它要保護自己，不能讓自己的法身去飽俗人的口腹之欲，所以才把自己的血肉鱗骨都化爲純金。」

呂三道：「自從那一次之後，它的同類也就被人們奉爲神明。」

這是個荒誕的故事，卻又充滿了魅力，一種自從遠古以來就能打動人心的神奇魅力。

這個故事的結局是——

釣魚的阿里王得道成神了，化爲純金的魚卻落入了呂三手裡。

說完了這個故事，又過了很久之後，呂三的激動已漸漸平息。眼中卻又露出痛苦之色。

「天上地下，再也沒有第二條那樣的魚了。」

他喃喃的說：「所以我一定要把它找回來。隨便要我幹什麼，我都要把它找回來。」

——一個像呂三這樣的人，怎麼會相信這種荒誕的傳說？

——他這麼說，是不是因爲那條金魚中另有秘密，絕不能告訴別人的秘密，所以他才用這個故事來讓小方迷惑？

小方沒有問。

他知道隨便他怎麼問，呂三都不會再說了。

呂三已經盯著他看了很久：「現在我已經把我的秘密說出來了，你呢？」

小方也盯著呂三看了很久，才慢慢的說出了三個字：「我不信。」

「你不信？」

呂三立刻問：「你不信這個故事？」

「不是這個故事。」

「你不信什麼？」

呂三又問：「不信我說的話？」

「也不是你說的話。」

小方指了指麻雀：「是他說的。」

他轉過臉，面對麻雀：「你剛才說的那些話，我連一個字都不信。」

呂三的臉色變了。

麻雀的臉看來更像是已經被烤得完全熟透、焦透。

「你不信什麼？」

呂三大聲問：「你再說一遍，你不信什麼？」

小方冷冷的反問道：「剛才他說的是什麼？」

「他說他只要一聲令下，在他數到『二十』之前，就能將這條街上所有的男、女、畜牲、貓、狗，全都殺得乾乾淨淨！」

「我不信。」

小方冷冷的說：「這些話我根本連一句都不信。」

呂三吃驚的看著他。

「你敢不信？」

他問小方：「你知不知道你這麼說會有什麼樣的後果？」

「我知道。」

小方臉上連一點表情都沒有：「我完全知道。」

「你以爲他不敢殺人？」

「他敢，我相信他敢。」

小方道：「只不過敢殺人的並不一定能殺人。」

「你是不是一定要他真的做出來才肯相信？」

「是的！」小方道。

麻雀的眼角在跳，嘴角也在跳。有很多人在殺人之前都是這樣子的。

呂三問他道：「你們約定的密令是什麼？」

——密令只有兩個字。只要密令一下，這條街就將被血洗。

麻雀慢慢的走到窗口，俯視街上的人，眼中忽然露出殺機！

他終於把這兩個字說了出來，用一種無論誰聽見都會害怕的聲音說出：「金魚。」

小方爲什麼要做這種事？爲什麼一定要逼他們去殺人？殺那些無辜的人？是不是因爲他要別人也來嚐一嚐他受到的悲傷和痛苦？要看一看別人的母親、朋友、情人、兒子也無辜慘死在呂三手下？

不管他爲的是什麼，現在密令已下，已經沒有人能收回了。

「金魚！」

麻雀又用著同樣可怕的聲音，將這兩個可怕的字又重覆了一遍：「金魚！」

窗外的長街還是跟剛才同樣熱鬧，依舊擠滿了各式各樣的小販和行人。

大家還是高高興興的樣子，做夢也想不到會有橫禍降臨。

搖鈴的貨郎推車，仍停在那家糕餅店前面。白髮蒼蒼的老太太，終於決定了自己要買什麼顏色的線，正準備付錢。

梳著大辮子的小姑娘沒有買胭脂、花粉、香油，卻走進了糕餅店，跟那個年輕的伙計說話，誰也聽不見她說的是什麼。

生意清淡的年貨舖裡居然也有生意上門了。掌櫃的當然不再生氣，正打起精神，跟剛上門的胖太太們做生意。

賣花的老頭子和小伙子不再爭吵，因爲買花的人越來越多，大家都有了生意。

酒舖門外的醉漢已睡著。要飯的乞丐放過了去買綢緞、年貨的胖太太們，卻圍住了幾個已經略有酒意的客人。

有了一點酒意的人，出手總是特別大方些。他們當然也跟那老太太、胖太太、和小姑娘一樣，做夢也想不到他們施捨的對象，就是他們的殺星。

就在這時候，長街上每個人都聽見樓上有個人用一種非常可怕的聲音，說出了兩個字，而且說了兩遍。

「金魚。」

「金魚。」別的人當然不知道這兩個字就是殺人的密令，就是他們的催命符。

但是有人知道，至少有四十七個人知道。

這一聲令下，那搖鈴的貨郎已從推車的把手裡抽出一柄刀，準備出手把那個白髮蒼蒼的老太太刺殺在他的刀下。

糕餅店的年輕伙計本來正盯著笑眼，聽那小姑娘說話，現在卻已準備扼死她。

年貨店和綢緞莊的掌櫃，兵刃、暗器也都在手。他們絕對有把握能在麻雀數到「二十」時就將這些胖太太置之死地。

尤其是剛才放爆竹的綢緞掌櫃，他的火藥暗器得自江南「霹靂堂」的親傳。殺傷力之強，絕對是其他同伴比不上的。

醉漢已躍起，乞丐們準備殺剛才還對他們非常慷慨施捨過的客人。

送財神的現在準備要送的已不是財神，是死神。

舞獅的大漢，和站在街角對女人評頭論足的年輕人，也已拔出了他們的兵刃。

每一件兵刃都是一擊就可以致命的武器，每一個人都是久經訓練的殺手。

麻雀不但有頭腦，而且有信心。

他相信他安排的這些人，絕對可以在數到「二十」之前，就完成他們的任務。

可惜他也有想不到的事。

就在他剛開始數到「一」時，他已經看到他連做夢都想不到的事發生了。

就在這一瞬間，那個慈祥和藹的白髮老太太，忽然用她剛買來的針，刺瞎了搖鈴貨郎的雙眼。

就在這一瞬間，那個害羞的姑娘，忽然凌空飛起，一腳踢碎了年貨店伙計的喉結。

賣花的老頭子和小伙子剛從花朵、花束中抽出一柄雁翎刀和一雙峨嵋刺，兩個人的咽喉就全都被人用鋼索套住。

就在這一瞬間，送財神和舞獅的大漢忽然發現人潮擁來。等到人潮再散去時，他們每個人的咽喉也都已被割斷。

要飯的乞丐已死在那些略有酒意的豪客們手下。每個人要害都被打入幾枚邊緣已被磨銳了的銅錢。

他們本來就是要別人施捨一點銅錢給他們。

現在他們得到的，豈非正是他們所要的？

他們本來想要別人的命，現在他們的命卻反而被人要去了。

他們所失去的，豈非也正是他們所要的？

最吃驚的當然還是那年貨店和綢緞莊的掌櫃。他們的毒藥暗器和火藥暗器本來都是這次攻擊的主力，想不到那些胖太太們的行動竟遠比任何人想像中都快十倍。

他們的暗器還未出手，手腕已被捏碎；他們的身子剛躍起，兩條腿就已被打斷。他們甚至連對方的出手都還沒有看清楚，整個人已經像一灘泥一樣倒在地上，連動都不能動了。這些看來就像是河馬般行動遲鈍的胖太太們，身手竟遠比豹子更兇悍敏捷矯健。

這時麻雀剛數到「十三」。

數到「五」時，他的聲音已嘶啞。數到「十三」時，他安排在長街上的四十七個人已經全都倒了下去。就算還活著，也只能躺在地上掙扎呻吟。

呂三和麻雀好像也不能動了，全身上下每一塊肌肉，每一個骨節好像都已麻木僵硬。

五二　爲什麼不回去

那些看來已經略有醉意的酒客之中，忽然有個人脫下帽子來向小方微笑行禮，露出一張飽經風霜的黑臉和一口雪白的牙齒。

小方也向他微笑答禮。

呂三慢慢的從胸口裡吐出一口氣，轉臉問小方：「這個人是誰？」

「是一個本來已經應該死了的人。」

小方道：「我本來以爲他已經死在拉薩城裡。」

「你認得他？」

「我認得。」

小方道：「他是我的朋友，好朋友。」

自從加答向他獻出「哈達」的那一刻，他們就已是好朋友。

呂三又問：「你剛才就看見了他，知道他們也已有了準備，所以你才故意逼麻雀出手？」

小方承認。

他不但看見了加答，還看見了另外一個人。一個他絕對信賴的人，一個身經百戰，戰無不勝的人。看見了這個人，他就知道麻雀必將慘敗。

現在這個人已經從長街上的人群中走進了這家酒樓，小方已經聽見了他上樓時的腳步聲。腳步聲緩慢而沉重，就好像故意要讓呂三聽見。

呂三和麻雀都聽得很清楚，也算得很清楚。能計劃這次行動，將每一個行動，每一個細節，都計劃得如此完美的，只有兩個人。

「來的這個人是誰？」

呂三問：「是班察巴那？還是卜鷹？」

小方的回答和呂三片刻前對他說的話同樣冷酷。

「不管來的是誰，這次你都完了。」

小方說道：「你已經徹底完了。」

呂三看著他，眼中忽然露出種非常奇怪的表情。忽然問小方：「你知道我是誰？難道你真的相信我就是呂三？」

「難道你不是？」

「我不是。」

「不是?你是誰?」

「是他。」

呂三忽然退縮在一旁，指著麻雀大喊：「他才是真的呂三，我只不過是他的幌子，你們千萬不要找錯人。」

樓梯上的腳步聲忽然停頓，麻雀的身子已如飛鳥般躍起。

他的輕功絕不比傳說的差。幾乎完全沒有做一點準備的動作，身子就已飛鳥般掠起，往臨街的那排窗戶猛竄出去。

小方明知他要走，還是沒法子阻止他。

只要他的身子一掠起，世上就很少有人能阻止他了。

——是很少有人，不是絕對沒有。

忽然間，弓弦驟響，金光閃動，眩人眼目。

閃動的金光還留在小方的瞳孔間，他就已聽見了一聲慘呼。

等他的視力恢復正常時，麻雀已經像隻烤透了的麻雀般釘在窗框上。

釘在他身上的，當然不是那種烤麻雀用的竹籤。

釘在他身上的是五根箭。

堅利如金，溫柔如春，嬌媚如笑，熱烈如火，尖銳如錐的五根箭。

箭羽上有痛苦之心，箭鏃上有相思之情，百發百中的箭。

五花箭神的五花神箭。

班察巴那又出現了。

從來沒有人知道他什麼時候會走，也沒有人知道他什麼時候會出現。

他的五花神箭不但遠比小方想像中更準確迅速，也遠比傳說中更神秘可怕。

但是，就在他的神箭離弦的那一瞬之間，那個自稱不是「呂三」的呂三也不見了。

酒樓的地板是用堅實的柚木鋪成的，呂三本來已退縮到一個角落。

就在弓弦聲響的那一瞬間，這個角落的地板忽然翻開，翻出了一個洞。

呂三落了下去。

他一落下去，翻板又闔起。

——這個人就是真正的呂三，麻雀才是他的替死鬼。

小方並沒有被人騙過，班察巴那也沒有。但是在剛才那一瞬間，他們都難免要將注意力轉向麻雀。

呂三就把握住了這一瞬間的機會。

五花箭神的五花神箭射的如果是他，他未必能走得了。但是他已經算準，在剛才那一瞬間，班察巴那選擇的第一個對象一定不會是他。

他算得極準。

班察巴那非但臉色沒有變，連眼睛都沒有眨。因爲他算準呂三還是逃不了的。

這酒樓四面都已被包圍，呂三落到樓下，還是衝不出去。

只可惜每個人都難免有算錯的時候。

班察巴那畢竟不是神。他是人，他也有錯的時候，這次他可就錯了。

班察巴那這次埋伏在長街的人，除了加答外，小方都沒有見過。

這些人遠比以前卜鷹手下的那些戰士更兇悍，更勇猛，更殘酷，更善於僞裝。

小方從未見過他們，因爲他們都是班察巴那在一個秘密的地方，秘密訓練出來的。訓練的方法遠比「哥薩克」和「果爾洛」人訓練他們的子弟更嚴格，更無情，也更有效。

這些人之中雖然有男、有女、有老、有少、有胖、有瘦，但卻有幾點相同之處。

——絕對服從命令。

——爲了完成任務，絕對不惜犧牲一切。

——絕對保密。

——絕對不怕死。

因爲他們本來都是早已應該死了的人，被班察巴那從各地搜羅來。經過極嚴密的調查後才被收容，再經過最少五年的嚴格訓練。每個人都已變成了「比毒蛇更毒，比豹子更猛，比狐狸更狡猾，比狼更殘酷」的戰士。不管他們是男、是女、是老、是少、是胖、是瘦都一樣。

班察巴那絕對信任他們的忠心和能力。如果他已經下令，不讓任何人活著走出這酒樓，那麼他絕對可以相信，就算她是這些人的親生母親，也沒法子走得出去。

沒有人走出這酒樓，根本就沒有人從這酒樓裡走出去過。非但沒有人走出去，連一隻老鼠都沒有。

但是呂三已經不在這酒樓裡。他從樓上落下去之後，就好像忽然消失了。

——一個有血有肉的人，怎麼會忽然消失？

班察巴那的結論是：

「這地方，樓下一定也有翻板地道。」

這次他沒有錯。

他很快就將秘道的入口找到。可惜就在他找到的時候，就聽見「轟」的一聲大震，硝石砂土四散，地道已被閉死了。

片刻間所有的人都已撤離這地區，到達一個人煙稀少的鄉村。

這些片刻前還能在眨眼間殺人如除草的殺手，立刻就全部變成了絕對不會引人注目的良民。到了暮色將臨時就紛紛散去，就像是一把塵埃落入灰土中，忽然就神秘的消失。

誰也不知道以後還會不會見到他們，誰也不知以後見到他們時還會不會認得。

他們本來就是沒有「以後」的人。沒有「未來」，也沒有「過去」。

有風，風在窗外。

黃塵飛捲。風沙吹打在厚棉紙糊成的窗戶上，就好像密雨敲打芭蕉。

有酒。酒在樽中，人在樽前。

可是小方沒有喝，連一滴都沒有喝。班察巴那也沒有喝。

他們都必須保持清醒，而且希望對方清醒。因爲他們之中一個有許多話要說，許多事要解釋，另一個必須仔細的聽。

說話的人是班察巴那：「我早就知道花不拉和大煙袋都已被呂三買通，所以我才要你到那商隊去。」

有些人說話從不轉彎抹角，一開口就直入本題。

班察巴那就是這種人。

「因爲我也跟你一樣。我也找不到呂三，但是我一定要找到他。」

班察巴那道：「所以我只有利用你把他引出來。」

他和小方可算是朋友，但是他說出「利用」這兩個字時，絕沒有一點慚愧之意。

小方也沒有表現出一點痛苦和憤怒，只是淡淡的說：「他的確被我引出來了，這一點你確實沒有算錯。」

「這種事我很少會算錯。」

小方伸出手，握緊酒杯，又放開，一字字的問：「現在他的人呢？」

小方問得很吃力，因爲他本來並不想這麼問的。

班察巴那卻只是淡淡的回答：

「現在他已經逃走了。」

「你利用我找到他一次之後，以後是不是就能找到他了？」小方又問。

「不是。」

班察巴那道：「以後我還是照樣找不到他。」

「所以你這件事可說做得根本連一點用都沒有。」

「好像是這樣子的。」

小方又伸出手握住酒杯：「對你來說，只不過做了件沒有用的事而已，可是我呢？你知不知道我爲這事付出了什麼？」

他問得更吃力。好像已經用出所有力氣，才能問出這句話。

班察巴那的回答卻只有三個字：「我知道。」

「砰」的一聲響，酒杯碎了，粉碎。

班察巴那還是用同樣冷淡的眼色看著小方，還是連一點羞愧內疚的意思都沒有。

「我知道你一定會恨我的。爲了我要做一件連我自己都沒有把握能做到的事，不但害你吃足了苦，而且連累到你的母親和陽光。」

他冷冷淡淡的接著說：「但是你若認爲我會後悔，你就錯了。」

小方握緊酒杯的碎片，鮮血從掌心滲出。

「你不後悔？」

「我一點都不後悔。」

班察巴那道：「以後如果還有這樣的機會，我還是會這樣做的。」

他接著道：「只要能找到呂三，不管要我做什麼事，我都會去做。就算要把我打下十八層地獄，我也不會皺眉頭。」

小方沉默。

班察巴那看著他：「我相信你一定能明白我的意思，因爲你自己一定也有過不惜下地獄的時候。」

小方不能否認。

他完全不能瞭解班察巴那這個人和這個人做的事，但是他也不能否認這一點。

誰也不能否認這一點，每個人都有甘心下地獄的時候。

掌中的酒杯已碎，桌上仍有杯有酒。就正如你的親人、情人雖已遠逝，世上卻仍有無數別人的親人、情人。

某天說不定也會像你昔日的親人、情人對你同樣親近親密。

——所以一個人只要能活著，就應該活下去。

既然要活下去就不必怨天尤人。

桌上既然還有杯有酒，所以班察巴那就爲小方重新斟滿一杯。

「你先喝一杯，我還有話對你說。」

「現在還有什麼話可說？」

「有。」

「好，我喝。」

小方舉杯一飲而盡，說道：「你說。」

班察巴那的眼色深沉如百丈寒潭下的沉水，誰也看不出他心裡在想什麼。

「現在你是不是已經完全明白我的意思了？」他問小方。

「是。」

小方的回答是絕對肯定的。班察巴那卻搖頭：「你不明白，最少還有一點你不明白。」

「哪一點？」

「我既然要利用你把呂三引出來，我當然就要盯著你。」

班察巴那道：「不管呂三在哪裡，也不管你在哪裡，我都盯得牢牢的。」

小方相信。

如果不是因爲班察巴那一直盯得很緊，今日呂三怎麼會慘敗？

班察巴那眼色仍然同樣冷酷冷淡。

「既然我一直都把你盯得很緊，我怎會不知道你身旁最親近的人在哪裡？」

他冷冷淡淡的問小方：「你說我怎麼會不知道？」

小方一直希望自己也能像卜鷹和班察巴那一樣，無論在什麼情況下都能保持冷靜鎮定。

但是現在他已完全無法控制自己。他跳起來，幾乎撞翻了桌子。他用力握住班察巴那的手臂。

「你知道？你知道他們在哪裡？」

班察巴那慢慢的點了點頭：「現在他們都已到了一個絕對安全的地方，絕不會再受到任何驚擾。」

「他們到了什麼地方？」

小方追問：「你爲什麼不讓我去見見他們？」

班察巴那看著小方握緊他右臂的手，直到小方放開，他才回答：「陽光受了極大的驚嚇，需要好好休養，你暫時最好不要見她。」

「這是她的意思，還是你的意思？」

小方又開始激動。

「不管是誰的意思都一樣，大家都是爲了她好。」

班察巴那道：「她若見到你，難免會引起一些悲痛的回憶，情緒就很不容易恢復平靜了。」

——呂三是用什麼法子折磨她的？竟讓她受到這麼大的創傷？

小方的心在刺痛。

「我明白。」

他說：「是我害了她，如果她永不再見到我，對她只有好處。」

班察巴那居然同意他的話。

他說的本來就是事實，比針尖、箭鏃、刀鋒更傷人的事實。

小方握緊雙手，過了很久才問：「可是我母親呢？難道我也不該去見她？」

他嘶聲問：「難道你也怕我傷害到她？」

「你應該去見你的母親，只不過……」

班察巴那站起來，面對風沙吹打的窗戶：「只不過你永遠再也見不到她了。」

小方彷彿又想跳起來，可是他全身上下所有的肌肉骨節都已在一剎那間冰冷僵硬。

「是呂三殺了她？」

他的聲音聽來如布帛被撕裂：「是不是呂三？」

「是不是呂三都一樣。」

班察巴那道：「每個人都難免會一死。對一個受盡折磨的人來說，只有死才是真正的安息。」

他說的也是事實，可是他說得實在太殘酷。

小方忍不住要撲過去，揮拳痛擊他那張無表情的臉。

但是他實在沒有錯，小方知道他沒有錯。

班察巴那又接著說：「我知道你還想見一個人，但是你也不能再見到她了。」

他說的當然是蘇蘇。

「我爲什麼不能再見她？」

小方又問：「難道她也死了？」

「她沒有死。」

班察巴那道：「如果她死了，對你反而好些。」

「爲什麼？」

「因爲她是呂三的女人。她那樣對你，只不過要替呂三討回一個兒子。」

酒在樽中，淚呢？

沒有淚。

連血都已冷透乾透，哪裡還有淚？

小方看著酒已被喝乾的空杯，只覺得自己這個人也像是這個空杯一樣，什麼都沒有了。

班察巴那說的絕對都是事實。雖然他說的一次比一次殘酷，但事實卻是永遠無法改變的。

「這世界上大多數的人都跟你一樣，都有父母、妻子、朋友、親人，都要忍受生離死別的痛苦！」

班察巴那道：「只不過有些人能撐得下去，有些人撐不下去而已。」

他凝視小方，眼中忽然也露出和呂三提起「噶爾渡金魚」時同樣熾熱的表情！

「一個人如果要達到某一個目標，想做到他想做的事，就得撐下去。」

他說：「不管要他忍受多大的痛苦，不管要他犧牲什麼，他都得撐下去的。」

——他的目標是什麼?他想做的是什麼事?

小方沒有問這些，他只問班察巴那：「你能不能撐得下去?」

「我能。」班察巴那說話的口氣，就像是用利刃截斷銅釘。

「我一定要撐下去!」

他說：「跟著我的那些人，也一定要陪我撐下去。但是你……」

他忽然問小方：「你為什麼還不回江南?」

小方的心又開始刺痛，這次是被班察巴那刺傷的。

「你為什麼要我回江南?」

他反問：「你認為我沒法子陪你撐下去?」

班察巴那沒有直接回答這個問題，只淡淡的說：「你是個好人，所以你應該回江南。」

他不讓小方再問為什麼。

他的聲音冷淡如冰雪溶化成的泉水。

「因為江南也是個好地方。一個人生長在多水多情的江南，總是比較溫柔多情些!」

他冷冷的說：「這裡卻是一片無情的大地，這裡的人比你想像中還更冷酷無情，這裡的生活你永遠都無法適應的，這裡也不再有你值得留戀的地方。」

他又問小方：「你為什麼不回去?」

窗外風聲呼嘯。

江南沒有這樣的風。這種風颳在身上，就好像是刀割一樣。

班察巴那說的話，也像是這種風。

小方的眼睛彷彿被風沙吹得張不開了，但是他卻忽然站了起來。

他儘量讓自己站得筆直。

「我回去。」

他說：「我當然是要回去。」

小方佩劍走出去時，加答已備好馬在等他。劍是他自己的「魔眼」，馬是他自己的「赤犬」。

他所失去的，現在又已重新得回。

他帶著這柄劍，騎著這匹馬，來到這地方。現在他又將佩劍策馬而返。

這一片大地雖然冷酷無情，但是他還活著。他是不是應該很愉快滿足？是不是真的已得回他所失去的一切？

又有誰知道他真正失去的是什麼？

加答將韁繩交到他手裡，默默的看著他。彷彿有很多話要說，卻只說了一句話，三個字。

「你瘦了。」他說。

小方沉默了很久才回答道：「是的，我瘦了！」

兩個人誰也沒有再開口。說完了這句話，小方就躍上了馬鞍。

夜色已臨，風更急，大地一片黑暗。

他躍上馬鞍時，加答的人已經消失在黑暗裡。只剩下了一個淡淡的背影，看來彷彿又衰弱又疲倦。

他很想告訴加答：「你也瘦了。」

但是這時候「赤犬」已長嘶揚蹄，衝入了無邊無際的急風和夜色裡。

牠的嘶聲中彷彿充滿了歡愉。牠雖然是匹好馬，畢竟只不過是一匹馬，還不能瞭解人間的寂寞孤獨、悲傷愁苦。

但牠雖然只不過是一匹馬，卻還是沒有忘記舊主對牠的恩情。

「想不到你居然還認得我。」

小方伏下身，緊緊抱住了馬頭。不管怎麼樣，他在這世界上畢竟還有一個朋友，永不相棄的朋友。

——只要是真正的朋友，就算是一匹馬又何妨？

江南仍遙遠，遙遠如夢。漫漫的長夜剛開始。這時連那一點淡淡的背影都已消失，可是遠方卻已有一點星光亮起。

大地雖無情，星光卻溫柔而明亮。

江南的星光也是這樣子的。

——你是個好人，但是你太軟弱。像你這種人，對我根本沒有用。

——現在你對呂三都沒有用了，他隨時都可以除去你，我也不必再費力保護一個沒有用的人，所以你最好走。

這些話，班察巴那並沒有說出來，也不必說出來。小方自己很清楚自己在別人心目中是什麼份量。

班察巴那一直對他不錯。可是從他們第一次見面開始，他就知道他們絕不會成爲朋友。

班察巴那從未將他當作朋友。

因爲班察巴那根本就看不起他。

除了卜鷹外，班察巴那這一生中很可能從未將別人看在眼裡。

——卜鷹，你在哪裡？

長亭復短亭，何處是歸程？

江南猶遠在萬水千山之外。但是小方並沒有急著趕路，他並不想趕到江南去留春住。

——回去了又如何？春天又有誰能留得住？

遠山的積雪仍未溶化，道路上卻已泥濘滿途。前面雖然已有市鎮在望，天色卻已很暗了。

一個看來雖不健壯卻很有力氣的年輕人，推著輛獨輪車在前面走。

車上一邊坐著他的妻子和女兒，一邊堆著破舊的箱籠包袱。妻子看著在泥濘中艱苦推車的丈夫，眼中充滿著柔情與憐惜。

這種獨輪車在這裡很少見。這對夫妻無疑是從遠方來的，很可能就是從江南來的。想到這個陌生的地方來，用自己的勞力換取新的生活。

他們還年輕，他們不怕吃苦，他們還有年輕人獨有的理想和抱負。

小方騎著馬從後面趕過他們時，剛巧聽見妻子在問丈夫：「阿儂要息一息？」

「唔沒關係。」

丈夫關心的並不是自己，只問他妻子：「儂格仔著了唔沒？」

他們說的正是地道的江南鄉白。鄉音入耳，小方心裡立刻充滿了溫暖。

他幾乎忍不住要停下來，問問他們江南的消息，問問他們是不是需要幫助？

但他沒有停下來。他心裡忽然有一種奇怪而可怕的想法。

——這對夫妻說不定也是呂三屬下的殺手，丈夫的獨輪車把裡很可能藏著致命的兵刃。妻子抱著女兒的手裡也很可能隨時都有致命的暗器打出來，將他射殺在馬蹄前。

只有疑心病最重的人才會有這種想法，無論看見什麼人都要提防一著。

小方本來絕不是這種人。但是經過那麼多次可怕的事件之後，他已不能不特別小心謹慎。所以他沒有停下來，也沒有回頭。他只想喝一杯能夠解渴卻不會醉的青稞酒。

這個市鎮是個極繁榮的市鎮。小方到達這市鎮時已經是萬家燈火。

入鎮的大道旁，有一家小酒舖。是他看見的第一家酒舖，也是每個要入鎮的人必經之處。

兩杯淡淡的青稞酒喝下去，小方忽然覺得自己剛才那種可怕的想法很可笑。

——如果那對夫妻真是呂三派來刺殺他的人，剛才已經有很好的機會出手。

小方忽然覺得有點後悔了。在這個遠離故鄉千里的地方，能遇見一個從故鄉來的人絕不是件容易事。

他選擇這家小酒舖，也許就因爲他想在這裡等他們來。縱然聽不到故鄉的消息，能聽一聽鄉音也是好的。

他沒有等到他們。

這條路根本沒有岔路。那對夫妻明明是往這市鎮來的。他們走得雖然很慢，可是小方計算腳程，他們早已該入鎮了。

但是他們一直沒有來。

身在異鄉爲異客，對故鄉人總難免有種除了浪子外別人絕對無法瞭解的微妙感情。

小方雖不認得那對夫妻，卻已經在爲他們擔心了。

——他們爲什麼還沒有到？是不是有了什麼意外？

——是不是因爲那個已經跋涉過千山萬水的丈夫終於不支倒下？還是因爲那個可愛的小女兒有了急病？小方決定再等片刻，如果他們還不來，就沿著來路回去看看究竟。

他又等了半個時辰，卻還是沒有看見他們的影子。

路上的行人已經很少了，因爲平常人在這種時候已經很難分辨路途。

小方不是平常人，他的眼力遠比平常人好得多了。

他沒有看見那對夫妻，卻看見了一個單身的女子，騎著匹青騾迎面而來。

天色雖然已暗，他還是可以看得出這女人不但很年輕漂亮，而且風姿極美。

她看來最多也只不過十六、七歲。穿著件青布短棉襖，側著身子坐在鞍上，用一隻手牽著韁繩，一隻手攏住頭髮。看見小方時，彷彿笑了笑，又彷彿沒有笑。

一匹馬一條騾很快就交錯而過。小方並沒有看得十分清楚，卻覺得這個女孩子彷彿見過，又偏偏記不清是在哪裡見過。

——她不是波娃，不是蘇蘇，不是「陽光」，也不是曾在江南和小方有過一段舊情的那些女人。

——她是誰呢？

小方沒有再去想，也沒有特別關心。

一個沒有根的浪子，本來就時常會遇到一些似曾相識的女人。

倦鳥已入林，旅人已投宿。

這條本來已經很安靜的道路卻忽然不安靜了。

道路的前面忽然有騷動的人聲傳過來，其中彷彿還有孩子在啼哭。

再往前走一段路，就可以看見路旁有燈光閃動，也可以聽見有人用充滿驚慌恐懼與憤怒的聲音說道：「誰這麼狠心？是誰？」

人聲嘈雜，說話的不止一個。小方並沒有聽清楚他們說的是什麼。

但是他心裡已有了種不祥的預感，彷彿已經看到那對從江南來的年輕夫妻倒在血泊中。

這次他的預感沒有錯。

那對夫妻果然已經倒了下去，倒在路旁。身體四肢雖然還沒有完全冷透，呼吸心跳卻早已停止了。

路旁停著一輛驢車，兩匹瘦馬。六、七個遲歸的旅人圍在他們的屍體旁。他們的小女兒已經被其中一個好心人抱起來，用一塊冰糖止住了她的啼哭。

她哭，只不過因爲受了驚嚇，並不是因爲悲傷的緣故。

因爲她還太小，還不懂得生離死別的悲痛，還不知道她的父母已經遭了毒手。所以現在只要用一塊冰糖就可以讓她不哭了。

可是等到若干年之後，她只要再想起這件事，半夜裡都會哭醒的。

那時就算將世上所有的冰糖都堆到她面前，也沒有法子讓她不哭。

——一個人如果「無知」，就沒有痛苦，沒有悲哀。

——但是「無知」的本身豈非就是人類最大的痛苦與悲哀？

地上沒有血，他們的屍體上也沒有。誰也不知道這對年輕的夫婦怎麼會忽然倒斃在路旁。

直到小方分開人叢走進去，借過一個人手裡提著的燈籠，才看見他們胸口衣襟上的一點血跡。

致命的傷口就在他們的心口上。是劍鋒刺出的傷口，一刺就已致命。這一劍不但刺得乾淨俐落，而且準確有效。

但是血流得並不多，傷口也不深。

——一劍刺出，算準了必可致命，就絕不再多用一分力氣。

這是多麼精確的劍法，多麼可怕。

小方忽然想起了傳說中的兩位奇人，「西門吹雪」和「中原一點紅」。

「中原一點紅」是楚留香那個時代的人。是那個時代最可怕的刺客，也是那個時代最可怕的劍客。「殺人不見血，劍下一點紅」。

他一劍刺出絕不肯多用一分力氣，但卻絕對準確有效。

西門吹雪是陸小鳳尊敬的朋友，也是陸小鳳最畏懼的高手。

五三　鬥智

能夠讓陸小鳳尊敬畏懼都不容易。有很多人都認爲西門吹雪的劍術已經超越了中原一點紅，已經到達劍術的巔峰，到達了「無人、無我、無情、無劍」的最高境界。

只有到達了這種境界的人，才能將劍上的力量控制得如此精確。

可是能夠到達這種境界的人，絕對不多。到達這種境界後，也就絕對不肯隨便殺人了。

如果你不配讓他拔劍，就算跪下去求他，他也絕不肯傷你毫髮。

這次殺人的是誰？

一個已經達到巔峰的劍客，又怎麼會對一雙平凡勞苦的夫婦出手？

沒有人看見這對夫婦是怎麼死的，也沒有人知道他們是誰，更沒有人懂得致命的這一劍是怎樣精確可怕。

所以有很多人都在問小方。

「他們是誰？你是誰？你是不是認得他們？」

小方本來也有很多事想問這些人的，卻沒有問。因爲他忽然又發現一件奇怪的事，他忽然發現這個本來坐在獨輪車上，抱著女兒的婦人，彷彿也似曾相識。

兩個沒有根的人，在酒後微醺時，在寂寞失意時，在很想找個人傾訴自己的感觸時，偶然間相聚又分手。

過了很久之後，他們又在偶然間相遇，彼此間都覺得似曾相識。也許只不過匆匆一瞥，也許互相淡淡的一笑，然後又分手，因爲他們情願將昔日那一點淡淡的情懷留在心底。

一點淡淡的感情，一點淡淡的哀傷，多麼瀟灑，多麼美麗。

但是小方現在卻絕對沒有這種感情。並不是因爲這個他覺得似曾相識的女人已經死了，而是因爲他們之間根本就沒有那種微妙的情愫。

他已經完全想不起這個女人是在什麼時候，什麼地方見過的。就如同他也想不起剛才那個騎著青騾走過的少女是誰。

可是就在他已準備不再去想的時候，他忽然想了起來。

因爲他忽然看到了這個女人的腳。

在男女之間的關係中，「腳」絕不能算是重要的一環。但卻有很多男人都很注意女人的腳。

其實小方並沒有看見這個女人的腳，只不過看見她腳上穿的鞋子。

她穿的衣裳很樸素很平凡。一件用廉價花布做成的短襖，一條剛好可以蓋住腳的青布長裙。

現在她已倒在地上，所以她的腳才露了出來。

她腳上穿的是雙靴子，很精緻很小巧的靴子。只要是略有江湖經驗的人，就可以看出這種靴子裡有一塊三角形的鋼鐵，藏在靴子的尖端。

這種靴子就叫做「劍靴」。就好像藏在袖中的箭一樣，這種靴子也是種致命的武器。

穿這種靴的女人，通常都練過連環鴛鴦飛腳一類的武功。

小方忽然想起這個女人就是那天在那糕餅店裡，忽然飛起一腳踢碎那年輕伙計咽喉的辮子姑娘。

雖然她今天沒有梳辮子，裝束打扮都比那天看來老氣得多。

小方卻還是相信自己絕對沒有看錯。

——所以這對夫妻絕對不是從江南來的，是班察巴那派來的。

——他們當然不是真的夫妻，只不過想利用這種形式來掩護自己的行動而已。

——一對從異鄉來的年輕夫妻，帶著個嗷嗷待哺的孩子，這種形式無疑是種最好的掩護。

——他們這種人的行動任務，通常都是要殺人的。

這幾點都是無庸置疑的，問題是：

——他們要殺的人是誰？

——如果他們要殺的是小方，他們剛才爲什麼不出手？

——他們剛才明明已經有很好的機會。像他們這種受過嚴格而良好訓練的殺手，應該知道良機一失永不再來。

這問題最好的答案是：

——他們要殺的不是小方。當然絕對不是小方，因爲班察巴那雖然不是小方的朋友，也不是小方的仇敵，絕對不是。

——那麼他們要殺的是誰？殺他們的是誰？

——他們都是班察巴那秘密訓練出來的殺手，不到萬不得已時，班察巴那絕不會派他們出來殺人的。

——所以他們這次任務無異是絕對機密，絕對必要的。他們要殺的無疑是班察巴那一定要置諸死地的人。

——班察巴那的朋友雖然不多，但仇敵也不多。在這麼樣一個雖然繁榮卻極平凡的邊陲小鎮，怎麼會有他不惜付出這麼大的代價來刺殺的人？

——這個人是誰？

更重要的一個問題是：

——在這個雖然繁榮卻極平凡的小鎮裡，怎麼會有這種能對班察巴那屬下，久經訓練的殺手一劍刺殺於道旁的劍客？

寒夜，逆旅，孤燈。

燈下有酒。濁酒，未飲的酒。小方在燈下。

還有很多問題要去想。很多他應該必須去想的問題，可是他沒有去想。

他想的是一件和這問題完全沒有關係的事，一個和這些問題完全沒有關聯的人。

他正在想的是那個最多只不過有十六、七歲，穿著件青布短棉襖，騎著匹青騾從他對面走過去的單身女孩子。

那個彷彿覺得似曾相識，卻又好像從未見過的女孩子。

他確信自己絕對不會看錯。

那個女孩子絕對沒有跟他有過一點關係，一點舊情。但是他偏偏忽然想到。

他雖然很想去想其他一些值得他去想的事，但是他想到的卻偏偏總是那個側坐在青騾上，那個風姿極美，彷彿在笑，又彷彿沒有笑的女孩子。

——笑什麼呢？

是笑了還是沒有笑？如果是笑，爲什麼要笑？一個素昧平生的女孩子爲什麼要對一個陌生的男人笑？如果不是笑，一個年輕女孩子，爲什麼要對一個陌生的男人似笑而非笑？

如果他們真的相識，她爲什麼笑了又不笑？不笑而又笑？

寒夜已將盡，昏燈已將殘。濁酒已盡，沉睡的旅人已將醒，未睡的旅人早已該睡。

小方已倦。

「波」的一聲響，輕輕、輕輕的一聲響，燈花散，燈滅了。

天燈還沒有燒起，天還沒有亮。寒冷孤獨，寂寞窄小，污濁廉價的逆旅斗室，忽然變得更寒冷更黑暗。

小方躺在黑暗處，躺在冰冷的床上，忽然聽到一聲響。輕輕、輕輕的一聲響，就像是燈殘將滅時那麼輕的一聲響。

他沒有聽見別的聲音，他什麼都看不見。但是，他身上每一個有感覺的地方，每一塊有感覺的肌肉，每一根有感覺的神經都忽然抽緊。

因爲他忽然感覺到一股殺氣。

殺氣是抓不住、摸不到、聽不見也看不見的。只有殺人無算的人和殺人無算的利器才會有這種殺氣。

只有殺人無算的人帶著這種殺人無算的利器，要殺人時才會有這種殺氣。

只有小方這種人才會感到這種殺氣。他全身的肌肉雖然都已抽緊，但是他一下子就從那一張冰冷堅硬的木板床上躍起。

就在他身子如同鯉魚在黃河中打挺般躍起時，他才看見了那一道本來可將他刺殺在床上的劍光。

如果他不是小方。

如果他未曾有過那些可怕而又可貴的經驗。

如果他沒有感覺到那股殺氣。

那麼他一定也會像那被人刺殺在道旁的年輕夫妻一樣，現在也已經被刺在床上。

劍光一閃，劍聲一響。

劍沒有聲音。小方聽到的劍聲，是劍鋒刺穿床板的聲音。他聽到這一聲響時，劍鋒已經刺穿了木板。現在劍鋒刺穿的地方，本來就是他的心臟，可是現在劍鋒刺穿的只不過是一塊木。

——不管這把劍是一把什麼樣的劍，這把劍一定在一個人手上。

——不管這個人是什麼樣的人，這個人一定還在床邊。

小方身子有如鯉魚打挺躍起。全身上下每根肌肉，每一分力氣都已被充分運用發揮。他的身子忽然又一翻，然後就直撲下去，向一個他算準該有人的地方撲下去。

他沒有算錯。

他抓住了一個人。

劍鋒還在床板間，劍柄還在人手。

所以小方抓住了這個人。

這個人被小方抓住一撲，這個人倒下。小方抓住這個人，所以小方也倒下。

兩個人都倒在地上，可是兩個人的感覺絕對一定不一樣。

爲什麼呢？

被小方撲倒的這個人，本來以爲必可一劍將小方刺殺的人，現在卻反而被小方撲倒，心裡一定會覺得非常驚訝恐懼和失望。

小方的感覺更驚訝。因爲他忽然發現被他撲倒抓住抱住的人，居然是個女人。

一個非常香、非常軟、非常嬌小的女人。

他看不見這個女人。看不見這個女人穿的是什麼衣服，看不見這個女人長的是什麼模樣。

但是他看見了這個女人的眼睛。

一雙發亮的眼睛。

一雙他覺得彷彿曾經看過的眼睛。

兩個人都有眼睛，兩個人的眼睛都瞪得很大。你瞪著我，我瞪著你。

小方確信自己一定見過這個女人，一定見過這雙眼睛。卻偏偏想不起是在什麼時候見過，是在什麼地方見過的。

「你是誰？」小方問：「爲什麼要殺我？」

這個女人忽然笑了，笑得很奇怪，笑得很甜。

「你居然想不起我是誰？」她吃吃的笑著說：「你真不是人，你是個王八蛋。」

就在她笑得最甜的時候，她手裡又有一件致命的武器到了小方的咽喉間。

每個女人都有手。

女人有很多種，女人的手有很多種。有些很聰明的女人，卻偏偏長了雙笨手；有些女人很秀氣，卻偏偏長了雙粗手。

這個女人不但美，而且很乾淨。穿的衣服就好像剛從裁縫手裡拿回來的，頭髮也無疑剛經過精心梳理，甚至連鞋底都看不到泥。

奇怪的是，她指甲裡卻有泥。

她手裡捏住的是一條小蟲，一條黑色的小蟲。她用兩根手指的指尖捏住這條小蟲，把這條小蟲放在小方的喉結上。

「你知不知道這個是什麼？」她問小方。

這個問題小方根本不必回答，也懶得回答。就算只有三歲大的孩子也知道這是一條小蟲。

這個女人卻說道：「如果你以爲這只不過是一條蟲，你就完全錯了。」

「哦？」小方問：「這難道不是一條蟲？」

抓蟲的女孩子笑了：「這當然是一條蟲。就算是笨蛋也應該看得出這是一條蟲，只不過蟲也有很多種。」

「你的這條蟲是哪一種？」

「是會吃人的那一種。」這個女孩子說：「只要我一放手，牠就會鑽入你的咽喉，鑽進你的血管裡，鑽進你的骨頭，把你這個人的腦漿骨髓和血全部吸乾。」

她又笑了笑：「人吃鳥，鳥吃蟲，這是天經地義的事。可是蟲有時候也會吃人的。」

小方也笑了，因爲他已經想起這個女孩子是誰了。

在拉薩，在那神秘莊嚴的古寺中，在那自從遠古以來就不知迷惑多少人的幽秘燈光下，在那已被信徒們的煙火燻黑了的青石神龕前，帶他去看那魔女吸吮人腦的壁畫，逼他在畫前立誓的就是她。

在拉薩，帶他去那神秘的鳥屋，去見獨孤癡的也是她。

那時她是個滿身泥的髒小孩。

現在她是個又乾淨又漂亮，只不過指甲裡有點泥的小美人。

這兩個人本來絕不可能是一個人，可是小方相信自己這次也絕對不會看錯。

「我記得你。」小方說：「我已經認出你來了。」

「你當然應該認得我。」這個女孩子連一點否認的意思也沒有：「如果你不認得我，你不但是個王八蛋，簡直是一條豬，死豬。」

她在笑，好像是一個小女孩在跟一個很要好的小男孩開玩笑。

但是她的眼睛裡卻完全沒有笑意，連一點開玩笑的樣子也沒有。

「剛才我說過的只要我一放手，這條小蟲立刻就可以把你吸成人乾。」她問小方：「你信不信？」

「我信。」

「你想不想要我放手？」

「不想。」

「那麼你先放開我。」這個女孩子用光滑柔軟的下巴輕輕磨擦著小方扼著她咽喉的手：

「這樣子，很不舒服。」

小方也在笑。因爲他不但已經認出了這個女孩子是誰，有很多本來想不通的事情，現在已經想通了。

——這個女孩子在附近，獨孤癡無疑也在附近。

——獨孤癡是班察巴那的對頭，很可能就是班察巴那認爲最可怕的對頭。

——那個穿劍靴的女人，無異就是班察巴那派出來刺探獨孤癡行蹤的人。

——不是刺殺，是刺探。因爲班察巴那當然應該明瞭要刺殺獨孤癡絕不是件容易事。

——縱然只不過是偵探，卻被刺殺在這個女孩子的劍下。

殺人的利劍已被擊落，致命的毒蟲卻仍在她手裡。

小方仍在笑，這個女孩子卻不笑了。用一雙發亮的大眼睛瞪著小方。

「我剛才說的話你聽清楚了沒有？」

「我聽清楚了。」小方說：「聽得很清楚。」

「你放不放開我？」

「不放。」

這個女孩子眼睛裡露出尖釘般的光，狠狠的盯著小方，狠狠的問小方：「你想死？」

「不想。」

「那麼你爲什麼不放？」女孩子問。

「因爲三點原因。」小方說：「第一，你是來殺我的，我不放手，最多兩個人一起死。在我變成人乾之前，你的脖子也斷了。如果我放手，你一定也會放手，那麼你的脖子不會斷，我卻變成了人乾了。」

「合理。」

「第二。」小方說：「現在你好像是在威脅我，碰巧我是不喜歡被人威脅的人。」

「第三呢？」

「沒有第三了。」小方答道：「不管對什麼人說，有這二點原因都已經足夠了。」

這個女孩子又笑了。

「難怪別人都說你是要命的小方。」她看著小方：「你實在真的很要命。」

說完了這句話，她忽然已做了件很出人意料之外的事。她忽然把手裡這條小蟲捏死。

無論誰能夠做出件讓人覺得出乎意料的事，通常都會覺得很愉快得意。

這個女孩子也不例外。

她看著小方，笑得愉快極了。

「我相信你一定想不到，為什麼我非但沒有把這條小蟲放在你的喉結上，反而把牠捏死。」

小方的確想不到。

這個女孩子也沒有讓小方費心去想，她自己說出了原因。

「因為就算我要殺你，也是用我的劍，不是用這條小蟲。」她挺起胸，傲然道：「我是劍客。劍客要殺人，就應該用他的劍。」

小方不能不承認這一點，也不能不承認她已經可以算是劍客。

無論誰能夠使用出那種精確有效的劍法，刺人的要害，取人的性命於刹那間，都已經絕對可以算是一位劍客，一流的劍客。可是現在這位一流的劍客忽然就像是個小女孩一樣吃吃的笑了起來。

「何況這條小蟲只不過是我剛從地上捉到的。如果把牠放在你的喉結上，最多只不過會覺得有點癢，最多只不過會嚇一跳而已。」

這次小方沒有想到。

被愚弄絕不是件好笑的事，至少他自己不會覺得很好笑。

這個女孩子又說：「其實我也並不是真的想殺你，只不過想用你試試我的劍而已。試試我能不能殺得了你。」

小方冷冷的看著她，問她：「現在你是不是已經試過了？」

「嗯。」

「你能不能殺得了我？」

「好像殺不了。」

「你想不想讓我來試試？」

「試什麼？」

「試試我是不是能殺得了你。」

「不想。」這個女孩子叫了起來：「我一點都不想。」

這次小方笑了。

可是就在他開始笑的時候，他忽然做了件很出人意料之外的事。

他忽然放開了捏住她脖子的手，用力打了她三下屁股。

這個女孩子又叫了起來，叫的聲音更大。

「你爲什麼要打我？」

「你要殺我，我爲什麼不能打你？」

「你怎麼能打我這個地方？」

「如果你是個淑女，我當然不能打你這個地方；如果你是位劍客，我當然更不能打你。」

小方說：「你在我眼裡看來只可惜還是那個滿身泥巴，流著鼻涕玩小蟲的髒小孩。」他又重重的打了她一下道：「你走吧。」

這次她沒有笑。

一個成熟的女孩子，一位已經能夠拔劍殺人於刹那間的劍客，居然還被人看成個流鼻涕的小孩。這種事就算有人覺得可笑，她自己也笑不出來。

可是她也沒有走。

她忽然跳了起來，凌空飛躍，凌空翻身，凌空出手，拔起了床板間的劍。

她落地時劍已在手。

有劍在手，就算小方也不能再把她看成一個流鼻涕的小孩子。

有劍在手，她的神情態度氣勢笑容都已完全改變。

小方忽然又想起了卜鷹。在一個更深人靜的晚上，在酒後微醺時，卜鷹忽然對他說了句讓人很難聽得懂的話。

「劍客的劍，有時候就像是錢一樣。」卜鷹說：「在某些方面來說幾乎完全一樣。」

「像錢？」小方不懂：「劍客的劍怎麼會像是錢呢？」

「一位劍客手裡是不是有劍，就好像一個人手裡是不是有錢一樣，往往可以改變他們的一切。」這句話說的還是不很透徹，所以卜鷹又解釋道：「如果一位劍客手裡沒有劍，一個人身邊沒有錢，一口空米袋裡沒有米，都是一樣站不起來的。」小方明白了卜鷹的意思，至今沒有忘記。

現在這個女孩已經站起來，她的態度忽然已變得非常沉穩冷酷鎮定。

「剛才你確實有機會能殺我，只是現在已經不同了。」她說：「剛才我失手並不是因爲我的劍法不如你，現在你還想不想再試一試？」

小方的劍不在身上，在床上。可是他一伸手就可以拿到他的劍。自從他再次得回這柄劍之後，他就未將這柄劍留在他伸手拿不到的地方。

這個女孩子盯著他的手：「我給你機會，讓你拔劍。」

是拔劍，還是不拔？這不過是轉念之間的事，在一刹那間就要下決定了。

在這一刹那間，小方沒有下決定，卻想起了很多奇怪的問題，他問自己：

——如果是卜鷹，在這種情況下會不會拔劍？

他給自己的回答是：不會。

因爲這個女孩子還不能讓卜鷹拔劍，也還不配。

小方又問自己：

——如果是班察巴那，在這種情況下會不會拔劍？

他給自己的答案也是否定的：不會。

因爲如果真的是班察巴那在這裡，這個女孩子早就已經是個死人了。班察巴那根本用不著拔劍，她就已經是個死人了。

——班察巴那殺人時又何必由自己拔劍？

小方不是班察巴那，也不是卜鷹。他拔劍，慢慢的伸手拔劍。

他的對手用一種很奇怪的眼神看著他拔出他的「魔眼」，居然沒有出手。

——雙劍相擊，必有火花迸出。

——兩個倚劍為命的人仗劍相對時，其間必有劍氣、殺氣。

可是他們之間沒有。小方有劍在手，但是他的手中雖然有劍，眼中卻沒有。

「你要我拔劍，你想用劍來試我。」他問她：「你為什麼還不出手？」

請續看《大地飛鷹》下冊

古龍精品集 66

大地飛鷹（中）

作者：古龍
發行人：陳曉林
出版所：風雲時代出版股份有限公司
地址：10576台北市民生東路五段178號7樓之3
電話：(02) 2756-0949　　傳真：(02) 2765-3799
封面原圖：明人出警圖（原圖爲國立故宮博物館典藏）
封面影像處理：風雲編輯小組
執行主編：劉宇青
行銷企劃：林安莉
業務總監：張瑋鳳
出版日期：古龍80週年紀念版2019年1月
ISBN：978-986-146-824-2

風雲書網：http://www.eastbooks.com.tw
官方部落格：http://eastbooks.pixnet.net/blog
Facebook：http://www.facebook.com/h7560949
E-mail：h7560949@ms15.hinet.net
劃撥帳號：12043291
戶名：風雲時代出版股份有限公司

風雲發行所：33373桃園市龜山區公西村2鄰復興街304巷96號
電話：(03) 318-1378　　傳真：(03) 318-1378
法律顧問：永然法律事務所 李永然律師
　　　　　北辰著作權事務所 蕭雄淋律師

行政院新聞局局版台業字第3595號 營利事業統一編號22759935

定價：240元

國家圖書館出版品預行編目資料

大地飛鷹／古龍作.　--　再版.　--臺北市：
風雲時代，2011.10
　冊；　公分
ISBN: 978-986-146-823-5（上冊：平裝）.　--
ISBN: 978-986-146-824-2（中冊：平裝）.　--
ISBN: 978-986-146-825-9（下冊：平裝）.　--
857.9　　　　　　　100018546